W0332869

DANIEL SCHICK

LE GRAND BAOBAB BLEU

roman

ALBIN MICHEL

© Éditions Albin Michel, 2022

« Pour connaître l'autre, pour comprendre ceux chez qui tu te rends, va au marché, va au café et va au musée. »

Mon père

« L'art, c'est le plus court chemin de l'homme à l'homme. »

André Malraux

« Les accidents, essayer de les éviter, c'est impossible. Ce qui est accidentel révèle l'homme.

Pour apprendre quelque chose aux gens, il faut mélanger ce qu'ils connaissent avec ce qu'ils ignorent. »

Pablo Picasso

« Le savoir est un champ, mais s'il n'est ni labouré ni surveillé, il ne sera pas récolté. »

Proverbe peul

L'homme qui recommence

D'abord le sable. D'abord le vent. Jamais l'un sans l'autre, inévitables, fusionnels, aussi enivrants que l'alcool et épuisants que l'agonie. D'abord la chaleur, vénéneuse, triomphante, rampante et scandaleuse. Et les baobabs, disséminés à l'infini dans la savane. Ils sont un peu grotesques avec leurs troncs immenses d'où s'étirent comme elles peuvent des branches ridiculement petites, affublées de feuilles minuscules. Malgré leur aspect patraque et ballot, les baobabs rassurent Demba. Ils sont ses meilleurs amis, solides et surtout muets. Ils sont son refuge, son confessionnal, ses indispensables.

Au-delà du village de Demba, des collines se répètent à l'infini, monotones et antipathiques. Elles rendent l'horizon invisible, toujours. Pour Demba, elles sont les murs d'une prison qui s'accrocherait au ciel.

Le vent, le sable, les baobabs, la savane, les collines et le village de Demba se trouvent au nord du Mali, pas loin du fleuve Négali. Demba appartient à l'ethnie peule. Dans son village, le village de Sébé, tout est lié à l'élevage, peu à la culture de la terre. La savane est dure, austère, aride. Ceux qui y habitent sont comme elle. Les habitants de Sébé courent après leur bétail et aucun ne rêve. Les Sébéens, fatalistes et résignés, acceptent que leur vie soit aussi sèche que leur terre. Leurs maîtres sont les dieux, l'étaient. Un s'impose de plus en plus par la menace, la terreur, la mort. Il devient le dieu officiel, un bourreau régnant impitoyable. Certains hommes font de ce dieu-là un monstre qui nie toutes les autres croyances ancestrales. Par la peur, ce dieu-là impose le silence. Comme le vent et le sable, le silence étouffe, tout, absolument tout.

Le sable, toujours lui, écrase les toits en tôle, souille les rebords des fenêtres souvent cassées, se larve dans les yeux d'animaux rachitiques, s'accroche aux cheveux des hommes impassibles, se love dans les oreilles des enfants turbulents. Sable et vent jouent les acrobates dont aucun n'obstacle ne peut ternir la course.

À onze heures, quand l'homme commence, les éleveurs sont loin du village. Les femmes sont au marché dans le grand bourg voisin où les enfants sont à l'école. Au lointain, quelques mobylettes crachent leur fracas sur une piste accidentée en terre rouge fané.

Il est onze heures deux fois par semaine. Deux fois par semaine, Demba est allongé sur une paillasse qui n'est pas la sienne, paillasse abandonnée dans une vieille case chancelante et isolée, débordante d'odieux effluves d'urine. La crasse y est aussi épaisse que le désespoir du jeune garçon. La saleté, la chaleur, l'homme qui commence, tout est repoussant, dégoûtant. Tout pue. Quand l'homme commence, la serrure fermée à clef verrouille la porte de l'enfer.

Peu avant onze heures, pendant quatre ans, entre huit et douze ans, Demba s'est rendu dans la case, machinalement, sagement, les bras collés contre son corps filiforme et inachevé. Il a marché dans le sable, est passé à côté de l'immense baobab qui fait office de chef de village. À chaque fois, il est entré dans la maisonnette déglinguée, absent à lui-même. Dès que l'homme commence, le garçonnet cesse d'habiter son corps. Il cesse d'en être le propriétaire. Une fois la porte refermée, porte qui sépare Demba de la vie qu'il subit de celle où il sourit, quand il fait semblant que tout va bien, le jeune garçon s'avance vers la paillasse. Il s'immobilise, la tête inclinée comme on le fait pour se recueillir devant une tombe. Cette paillasse est la sienne.

À chaque tentative de résistance de Demba, l'homme massif saisissait violemment la nuque de Demba comme s'il voulait la tordre, la briser, la casser. Sa nuque fut pendant des années la tour dont l'ennemi prit le contrôle et par laquelle son bourreau gagna chaque guerre bi-hebdomadaire. Pendant quatre ans, sa nuque fut un rocher qui tenta de résister à la force des vagues mais qui fut toujours vaincu par elles. La nuque de Demba à peine saisie, débutait aussitôt l'inévitable, l'inéluctable, le même rituel macabre : la paillasse crasseuse, l'oreiller pouilleux, le mur fissuré et l'homme qui commence.

À chaque fois, allongé sur la couche pouilleuse, Demba enterre sa tête dans un oreiller sale afin de s'enfoncer hors de lui, de se délester de son corps. Sa tête suinte. Son âme fuit. Il respire par saccades. L'homme ne dit pas un mot. Il est fébrile, extrêmement. L'homme maudit ses pulsions mais ne peut s'empêcher de les satisfaire. Sa haine de lui le rend violent. Pendant que l'homme fait, Demba ne dit rien, n'exprime rien. Il est habitué à souffrir. L'être ne l'empêche pas de souffrir. Gémir, crier, n'arrêterait pas sa souffrance. Hurler le conduirait à la mort. Si les autres savaient, l'homme le tuerait. Le garçon préfère souffrir que mourir.

Pendant que l'homme fait, Demba désengonce parfois son visage de l'oreiller paradisiaque. Il observe le mur impassible et triste d'en face. Le mur chancelant est lacéré de plaies, mur fissuré, crevassé, délabré.

Le mur est blessé. Ses cicatrices profondes sont semblables à celles de Demba. Ce mur pitoyable est son frère. Leurs fêlures s'épousent. Pendant que l'homme fait, Demba s'accroche aux craquelures qui zèbrent le mur. Il y suspend sa douleur. Lorsqu'il regarde les hachures zigzagantes, Demba y suspend son imaginaire.

Les fissures dansent, s'entrecroisent, s'interrompent, s'enlacent, se perdent de vue, se retrouvent, s'exaspèrent, s'aiment ou se dévorent. Demba s'empare de ces lignes chaotiques et géométriques. Il s'invente des visages qui s'encastrent violemment ou s'embrassent tendrement. Il imagine des corps qui s'entremêlent, s'emboîtent, s'absorbent. Demba compose les visages et les corps d'amis de circonstance, amis déstructurés certes mais essentiels. Ils le sauvent de l'homme qui commence et recommence.

L'homme qui a recommencé pendant quatre ans est l'oncle de Demba. L'homme l'a élevé à la mort de son père. On ne résiste pas à son père. Demba n'a pas même essayé. Demba devenu jeune adulte, l'homme a cessé. Il a abandonné sa proie de peur qu'elle lui résiste.

La présence quotidienne de l'oncle de Demba à ses côtés l'a conduit à se maudire davantage qu'à maudire son bourreau. Omniprésent, indifférent, arrogant, autoritaire, l'oncle de Demba a rendu insurmontable la vie du jeune homme, une vie sans vie.

À chaque fois, après que l'homme a terminé, Demba se rend auprès du baobab autour duquel le village s'est construit. À chaque fois, il caresse lentement la peau lisse du tronc de l'arbre roi. Il se love entre ses immenses racines hautes et épaisses, bras réconfortants qui s'extirpent du sol un peu plus tous les ans. Demba offre à l'arbre ses larmes qui les accepte.

Demba, devenu homme, continue de se rendre auprès du baobab mais celui-ci ne le console plus. Demba lui a confié ses souffrances et son secret, pensant qu'il pourrait les oublier. Pour fuir son secret, il doit fuir son oncle. Demba doit partir pour oublier, mais peut-on oublier vraiment ce genre de secret-là ?

La terre est de plus en plus sèche, la pauvreté de plus en plus vaste, son secret de plus en plus lourd et la savane de plus en plus hostile. Le sable, le vent, les collines inhospitalières, la peur imposée par le fanatisme religieux croissant, tout est devenu insupportable. La vie de Demba dégouline. Seul l'immuable baobab est réconfortant. Pas assez pour que Demba reste. Un proverbe rappelle qu'on revient toujours auprès des baobabs qui vous ont vu grandir.

Un petit matin où la nuit triomphe encore, Demba quitte Sébé. « *Yahde ! Yahde ! Yahde !* » Il s'est tant de fois répété obsessionnellement « Partir ! Partir ! Partir ! ».

À vingt ans, il est parti.

La rencontre

Paris, près de l'Assemblée nationale. Le début du printemps. Un samedi conventionnel, insignifiant. Un samedi sans surprise qui ressemble à d'autres samedis sans surprise. Quelques piétons déambulent, allant de nulle part vers nulle part, ne faisant rien d'autre que déambuler. La ville ressemble à un vieux film. La bande-son semble avoir été coupée et les images diffusées au ralenti. Les feux changent de couleur sans enthousiasme. Ils s'ennuient. Ils bâillent. Seuls quelques cyclistes glissent nonchalamment sur le macadam.

Mathieu, cinquante-deux ans, les yeux vert caca d'oie et le mollet ferme, vient de quitter son quartier, celui très central et élégant du Palais-Royal. Il pédale, dodelinant avec gourmandise dans les rues qui le conduisent près de l'Assemblée nationale chez Fabien, son vieil ami, ancien vieil ami. Mathieu ne l'a pas vu depuis longtemps. Il ignore pourquoi leurs vies sont passées de points d'exclamation à points de suspension. Alors qu'ils étaient très proches, leur relation s'est étiolée pour finir moribonde sans qu'aucun accident, aucun incident, aucune dissension ne justifient le dépérissement lent de leurs liens.

La vie de Fabien a changé. Celle de Mathieu est d'une constance monotone. Il ne connaît l'exaltation que lorsqu'il enfourche son vélo gris et cabossé.

Mathieu arrive devant le 106 de la rue de l'Université. La veille, après des mois de silence, il a reçu un message de Fabien lui disant simplement : « Viens à la maison à 16 heures, tu comprendras. » Curieux et amusé, Mathieu entre dans un immeuble cossu, élégant et rassurant. Il ignore tout de celles et ceux qui, deux étages plus haut, font craquer le plancher parfaitement ciré de l'appartement. Il ne sait pas qui rit, qui parle, qui boit du jus de pomme ou du jus d'orange et pourquoi il n'y a pas d'alcool.

Mathieu arrive au deuxième étage. Cela fait des dizaines d'années qu'il est invité dans les lieux les plus incongrus, les plus secrets ou les plus convoités. Depuis longtemps, il n'est plus surpris. Sa curiosité s'est endormie. Jadis, sa vie était remplie d'enjeux. Aujourd'hui, il la remplit comme il peut. Revoir Fabien le réveille un peu.

Le quinquagénaire châtain clair arrive devant la large double porte de l'appartement. Il porte un manteau qui aurait pu être d'un beige immaculé si l'une de ses activités principales n'était de se tacher, partout et tout le temps.

Derrière la grande porte, un brouhaha indéfinissable chahute l'appartement. Des voix, essentiellement masculines, bourdonnent en des langues que Mathieu ne parvient pas à identifier. Le vacarme de l'appartement ne ressemble pas aux gargouillis mondains habituels des quartiers bourgeois.

Mathieu sonne avec l'excitation d'un enfant qui s'apprête à ouvrir un cadeau. Malgré son âge et les drames de sa vie, il n'a pas tué l'enfant qu'il est encore. Fabien ouvre. Il enlace généreusement Mathieu. Ses épaules larges sont cachées par une chemise blanche soigneusement repassée, parfaite comme l'appartement. Celui-ci ne ressemble pas à Fabien. Il appartient à sa compagne femme d'affaires qui ne s'affaire qu'à en faire, appréciant chez Fabien la disponibilité aux autres qu'elle n'a pas. L'ordre bourgeois de l'appartement la rassure. Il endort Fabien. L'endormait.

La porte d'entrée donne sur un immense vestibule saturé de livres, essentiellement d'art. Sur la droite, Mathieu découvre une verrière qui donne sur l'arrière du jardin ordonné d'un ministère. L'étrange brouhaha provient de la gauche. Fabien ôte le manteau de Mathieu et l'accroche dans un vestibule très encombré. Mathieu constate que les autres vêtements suspendus sont sans âge, sans style, confortables, surtout confortables. Ils ne correspondent pas à ceux d'invités frivoles et acidulés venus des rues voisines.

L'assemblée que Mathieu découvre en avançant vers un spacieux salon le déstabilise et le questionne immédiatement. Pas de femmes apprêtées, de jeunes gens conventionnels, d'hommes aux souliers lustrés, de jeunes filles à la mode aux sourires aussi affichés que la marque de leurs vêtements. Pas de blondes ou fausses blondes, pas de charmeurs bronzés, pas de velours côtelé, de chemisiers en soie ou de tee-shirts branchés. L'adresse prestigieuse de Fabien ne fait pas le moine. Les invités de Fabien ne sont pas ceux que Mathieu a imaginés. Ils sont davantage habitués à la toile usée de tentes Quechua qu'à l'inébranlable solidité de l'élégante pierre de taille.

Sagement assis sur trois canapés en velours jaune, savamment disposés, la quinzaine d'hôtes semblent avoir été déposés là, comme hélitreuillés, pour remplacer au pied levé des invités plus conventionnels. Bien que joyeux, ils paraissent intimidés par le salon aux hauts murs parfaitement blancs, aux rideaux orange, aux meubles et objets intelligemment agencés.

Les convives, assez jeunes, ne se sont pas enfoncés dans les coussins moelleux, comme s'ils avaient peur de les déformer, de laisser une trace, comme si ce qui est voluptueux leur était inconnu ou interdit, comme si ces coussins n'étaient pas là pour les accueillir, comme s'ils n'étaient pas habitués à l'être. Ils sont assis au bord des canapés, comme prêts à partir. Les regards des uns et des autres se croisent mais ne s'attardent pas. Un regard qui se pose est le début possible d'un attachement. Tous sont des détachés. Chacun est là mais ne semble pas vouloir être remarqué. Ne pas l'être est la règle pour s'en sortir. Tous sont là pour s'en sortir.

Mathieu avance au cœur de la pièce. Il ne sait pas quoi faire de ses pas, de ses bras, de ses yeux, de ses mots. Il n'a jamais vu une telle assistance. Chacun sourit à Mathieu. Il sourit à chacun, sourire de façade pour masquer un étonnement, une déstabilisation face à quelque chose d'inattendu. Autour de lui, les conversations s'entrecroisent dans des langues venues de pays qu'il n'identifie pas. Même si le français est la langue entendue principalement, cette langue semble unir des individus qui ne le sont pas. Français, anglais, arabe, langues aux sonorités inconnues se faufilent sous les moulures immaculées. Mathieu adresse à l'assemblée un *Bonjour !* immédiatement suivi d'un généreux *Hello !* puis d'un bafouillé *Salam aleykoum !* qui fait rire tout le salon. L'assemblée adresse à son tour des *Bonjour, Hello, Aleykoum salam* débonnaires et désordonnés.

Mal à l'aise, Mathieu s'installe gauchement dans un des canapés jaunes. Pour ne pas se faire remarquer, il s'assied rapidement entre deux invités. Avec Fabien, il est le seul Blanc présent. Le volubile voisin de Mathieu se présente immédiatement dans un français appliqué : « Je m'appelle Abrar. Je viens du Soudan. » Abrar décline son nom méthodiquement, comme si on contrôlait son identité. Il porte un col roulé noir, trop petit pour lui. « Je suis arrivé il y a deux ans, j'ai rencontré Fabien par une association. Depuis, il essaie de m'aider. » Une jeune femme rayonnante et dynamique s'approche d'Abrar et de Mathieu. Elle s'adresse à eux en anglais : « *Hello. My name is Somia. I am coming from Nigeria.* » Elle passe au français avec un accent prononcé. Sans se départir de sa gaieté, elle précise qu'elle a quitté le Nigeria pour des raisons graves. Elle ajoute qu'on voulait la vendre, qu'elle a refusé de l'être, qu'elle a été condamnée et qu'elle n'avait pas d'autre choix que de partir pour ne pas mourir. Malgré une bonhomie affichée, Somia est en braises. Mathieu est en cendres.

Fabien se trouve dans la salle à manger jouxtant le salon. Il converse avec un jeune homme fin, élancé, gracieux, qui semble timide. Ses longues mains dessinent des gestes aériens. Son sourire offert est désarmant. Ses yeux noisette sont vifs. Le jeune homme longiligne porte un jean et un sweat à capuche.

L'autre voisin de Mathieu vient du Congo. Sans être en quête du moindre apitoiement, il précise que c'est la peur, insurmontable et monstrueuse, qui l'a conduit à fuir son pays. Un matin, il a quitté son village. Et quand il est rentré le soir, tous les habitants avaient été massacrés par une ethnie voisine. Plus de famille, plus d'amis, plus d'arbustes, plus rien de vivant. Partout du sang séché. Mathieu est abasourdi. En face de lui, un tableau est accroché au mur. Mathieu fixe le village paisible et verdoyant représenté au crépuscule par un peintre du dimanche. Le charme doucereux du tableau est tellement éloigné des rues ensanglantées du Congo. En général, Mathieu entre facilement dans les tableaux pour en sortir avec difficulté. Cette fois, il reste indifférent à celui en face de lui. En le regardant, il ne parvient pas à quitter le village endeuillé du jeune Congolais. Des gouttes de son récit ont infiltré son sang.

Mathieu se sent ridicule. Là, devant lui, chaque invité porte sur ses épaules un destin tragique. Lui a seulement un problème avec la chaîne de son vélo qui ne cesse de sauter et qu'il ne sait réparer. Ses malheurs lui paraissent banals. Ceux-ci se résument à un divorce compliqué, à des placements financiers chaotiques, à l'usure qui l'a conduit à cesser ses activités dans l'art, à un déclassement social pénible. Au plus profond de lui, se cache un drame auto-enseveli au point que celui-ci semble ne pas même avoir existé. Ces choses de sa vie lui font souvent mal au dos.

Autour de lui, ses compagnons de canapé sont physiquement en forme. Ils ont pourtant affronté déserts et chaleur sans fin, mers, frontières et hommes hostiles. Mathieu ne connaît du malheur, de la misère des autres, que ce qu'il en voit à la télévision, un verre de vodka à la main, une bougie parfumée à la fleur d'oranger allumée près de lui. Les tragédies qu'il fréquente sont celles qu'il lit dans les livres, voit au théâtre, dans les films, dans des tableaux, ou celles qu'il imagine en écoutant Gustave Mahler ou Tchaïkovski. Il n'avait encore jamais vu de tragédies assises sur des canapés jaunes.

Une place se libère près de Mathieu. Le jeune homme à la capuche s'y glisse. Il converse immédiatement avec son voisin congolais en un français précis. Le jeune homme explique d'où il vient, son périple de quasi trois ans. Il raconte des choses graves sans gravité, choses terribles qui ne semblent surprendre personne. Dépité, chaviré, Mathieu écoute. Il n'intervient pas. Il souffre pour son voisin qui ne souffre plus d'avoir tant souffert.

Fabien continue de glisser d'un invité vers un autre, un carnet à la main. Il note ce dont ses hôtes ont besoin. Il s'approche de Mathieu et lui dit : « Ma vie a changé. Tu comprends maintenant pourquoi. Je m'occupe des autres. Je suis enfin utile. Tout le reste m'est devenu futile. » Fabien repart accomplir sa mission. Mathieu reprend l'écoute de son voisin, saisi par la douceur d'une voix qui égrène, détachée, le récit accablant d'un long et violent exil. Le jeune homme raconte sans émotions son périple. En avoir serait être débordé, détruit par elles.

Mathieu écoute. Il n'est ni habitué ni doué pour cela. Au lycée, il a souvent été pris pour cible par ses camarades. Leur violence et celle de ses parents l'ont conduit très tôt à se réfugier dans l'art. Depuis son adolescence, il préfère ceux qui construisent à ceux qui détruisent, les hommes qui créent à ceux qui cognent. Depuis qu'il se méfie des hommes, il préfère ce que les hommes font à ce que les hommes sont. Mathieu est fasciné par l'imaginaire des hommes. Il l'est moins par leur réalité, encore moins par sa propre existence. Il n'est pas certain que Mathieu s'aime.

Mathieu se lève sans interrompre le jeune homme. Il se sent vide, mais quel est le poids de ce vide eu égard aux vies lourdes et cassées qui l'entourent ? Il est submergé par son impuissance, écrasé par son ignorance. Mathieu se réfugie près de la bibliothèque de l'entrée. Il fait craquer le sol dont les planches forment le radeau qui va lui permettre de s'échapper un instant de l'enfer des autres.

La bibliothèque de Fabien est immense, une ville dans la ville. Mathieu est abasourdi par le nombre et la diversité des livres d'art classés par peintre. Fabien et lui sont amateurs d'art. C'est lors d'une exposition qu'ils se sont rencontrés il y a une quinzaine d'années. Le regard avide de Mathieu parcourt les tranches des livres blottis les uns contre les autres. Un livre l'intrigue parce qu'il ne l'a jamais vu alors qu'il pensait avoir tout lu sur le peintre qui le fascine depuis toujours. Couverture et tranche sont bleues, lacérées par d'immenses lettres rouge vif. Un simple nom figure sur la tranche de l'épais volume, un nom connu dans le monde entier : Picasso !

Intrigué, Mathieu reste devant ce livre puis incline la tête afin de lire les titres des dizaines d'autres ouvrages consacrés au maître. Picasso remplit des étagères entières. *Picasso et l'Espagne*, *Picasso et la cuisine*, *Picasso et le cubisme*, *Picasso et Dora Maar*, *Picasso et le paysage méditerranéen*…

Mathieu n'est pas le seul à incliner la tête. Sans faire de bruit, quelqu'un d'autre s'est approché et observe la bibliothèque exactement comme lui le fait. Une voix posée interrompt les rêveries silencieuses dans lesquelles Mathieu s'est exilé.

« Qui est Picasso ? » demande le jeune homme à la capuche. Il détache bien les trois syllabes, les découvrant, les prononçant pour la première fois. Pi-ca-sso ! La sonorité du mot l'amuse. Savoir ce qu'il signifie l'intrigue d'autant plus que ce mot encombre des pans entiers de la bibliothèque.

Mathieu redescend de ses songes. Leurs regards ne s'étaient pas croisés dans le salon. Ils se rencontrent devant Picasso. De sa voix enveloppante, grave et chaude, Mathieu explique, appliqué : « Picasso est une sorte de dieu, un créateur, un peintre, un sculpteur qui a inventé un monde qui n'appartient qu'à lui, où humains et animaux composent des formes irréelles, géométriques parfois. Dans certains cas, Picasso crée même des humains-animaux. » Le jeune homme est attentif, intrigué, excité et muet. Mathieu s'apprête à continuer ses explications. Il ne le fait pas. Il s'adresse au jeune homme curieux, le sourire toujours aussi désarmant : « Assis à côté de toi, j'ai écouté le récit de ton périple sans fin. Je sais que tu ignores où tu vas dormir ce soir, ce que tu vas faire demain, quand et où tu mangeras une prochaine fois, quand tu auras des papiers. Es-tu certain d'avoir envie que je continue de te parler de Picasso ? » Le jeune homme reste impassible. Il ne dit rien, pas un mot, rien. Le joyeux vacarme ne désemplit pas le salon voisin. Il dérange leur silence. Les rues élégantes voisines, les grands immeubles en pierre de taille, les livres sur les étagères, Mathieu devant l'immense bibliothèque, tout le monde attend une réponse du jeune homme. Celui-ci sourit avec douceur, un sourire qui tranche avec la détermination de son regard. Il fixe Mathieu, offrant à l'esthète quinquagénaire la plus belle couleur noisette que ses pupilles puissent offrir. Le jeune homme s'adresse alors, enfin, à Mathieu : « Tu sais, j'ai aussi le droit de rêver et tu peux me faire rêver. Tu vas me faire rêver. »

Mathieu ne réagit pas. En tout cas, pas avec des mots. Il extrait des étagères le gros livre bleu aux trois syllabes rouges, propose au jeune curieux de s'asseoir sur la banquette qui côtoie la bibliothèque et déploie l'épais et vaste ouvrage sur leurs jambes. Il ouvre le livre exagérément solennellement. Il feuillette précautionneusement les pages, les tenant comme si elles s'apprêtaient à s'envoler. Le jeune homme à la capuche interrompt le défilé méticuleux de celles-ci. Il s'attarde sur un dessin étrange qu'il ne comprend pas mais qu'il décortique. Il devine des visages et des corps déformés, cassés, entremêlés, encastrés, dont des formes sont zigzagantes, géométriques et parfois brutales. Le jeune homme est intrigué mais en rien déconcerté ou choqué. Il déguste ce qu'il découvre. Il jubile. Il tourne les pages. Elles ne s'envolent pas, lui oui. Il n'a jamais vu de tableau mais ce qu'il voit l'envahit, le déborde, l'absorbe. Mathieu ne dit rien. Il ne veut pas déranger l'inconnu assis auprès de lui. Il regarde les œuvres de Picasso autant qu'il observe les yeux émoustillés du jeune homme qui tourne, tourne, tourne encore les pages du grand livre bleu et, toujours sans dire un mot, se délecte des dessins et tableaux comme il dévorait, enfant, papayes et mangues. Les deux hommes ne sont plus dans l'appartement de Fabien mais dans un pays lointain sans paysage. Comme les lassos qui captivent les animaux, ils sont domptés par les traits, les lignes, les courbes, les bouches carrées, les visages difformes, les corps estropiés de Picasso. Le jeune homme ne dit toujours rien mais ses yeux disent tout. Il est fasciné, mu par une appétence d'autant plus euphorique que celle-ci ne fut pas rassasiée pendant des années. Années où il ne pouvait faire autrement que de se contenter de contempler les baobabs, de compter ses bêtes et de cacher ses rêves.

Le salon voisin commence à se vider. Après un temps certain, le jeune homme murmure : « C'est beau », comme s'il ne l'avait jamais dit de rien, de personne, à personne. « C'est beau, *ené iodi, ené iodi* », répète-t-il d'un ton plus affirmé. Mathieu se tait parce qu'il n'y a rien à dire. Dans la langue peule, « j'aime » n'existe pas, « c'est beau », oui. Le jeune homme répète plusieurs fois « C'est beau, *ené iodi.* » Il reprend le lent feuilletage du grand livre bleu, puis cesse. Il abandonne Picasso. Il se tourne vers son voisin. Pour la première fois, les yeux noisette du jeune homme et ceux verts de Mathieu se croisent, s'attardent. Leurs yeux partagent leur joie. Ils partagent Picasso. Ils partagent le silence, empire rare si rarement partagé, si rarement partageable. Le jeune homme rejoint Picasso.

Désormais, il y a du bruit dans la rue. Les citadins sortent en nombre en cette fin d'après-midi. Une tasse explose sur le parquet. Elle éclate le silence mais c'est Mathieu qui bêtement le broie et l'achève. Il s'adresse au jeune homme qui a repris sa promenade dans le livre bleu, poursuit son vagabondage sur les chemins surprenants de l'imaginaire. Et Mathieu va dire. Pourquoi va-t-il dire, là, maintenant ? Il va tout abîmer. Il abîme tout, souvent, comme s'il culpabilisait que qui que ce soit puisse jouir grâce à lui. Il ne s'estime pas ou ne s'estime plus, alors il gâche le plaisir des autres, et le sien. La voix grave et appuyée, presque agressive, il déclare : « Contrairement à Fabien, je ne suis solidaire de rien, engagé en rien. Je suis un égoïste, un égocentré. Je n'aide pas celui qui a froid. Je n'offre pas de nourriture à ceux qui ont faim et ne donne pas d'argent à ceux qui en réclament. Je ne peux pas t'aider. » Le jeune homme referme le livre. Il le pose sur les genoux de Mathieu. Il ne se lève pas. Il enracine le noisette de ses yeux dans le vert de ceux de Mathieu sans se déparer de son sourire désarmant. « Je n'ai pas demandé d'aide. Je t'ai juste demandé de me faire rêver et tu as déjà commencé. » Il ajoute : « Tu connais Picasso ? », puis tend presque solennellement la main à Mathieu : « Je m'appelle Demba. » Dérouté, se sentant ridicule, touché surtout, Mathieu promet à Demba d'aller chez Picasso. « Tu le connais ? demande Demba. – Un peu, oui », répond Mathieu.

Dehors, les feux tricolores s'amusent enfin, jonglant méthodiquement avec voitures et piétons. Fabien commence à ranger son appartement. Ses invités, venus du tragique, sont repartis vers le néant, espérant un avenir, un lendemain qui ne ressemble pas à avant. Mathieu range le livre de Picasso à sa place.

Demba rentre dormir dans un centre d'accueil misérable et bondé au Bourget. Mathieu enfourche son vélo et retourne vers la place du Palais-Royal rejoindre son appartement ouaté. Les sept lettres rouge vif de la couverture du livre consacré au maître viennent d'embraser Demba et Mathieu. Picasso vient d'allumer leurs feux.

Au musée Picasso

Rien, le lendemain de leur rencontre, rien. Les jours d'après, rien non plus. Demba et Mathieu n'entrent pas en contact. Que peuvent représenter les mots de Mathieu et les traits de Picasso face au chaos de la vie de Demba ? Mathieu se résigne à ce que ces quelques secondes passées sur une banquette ne deviennent aucune heure, aucun jour nouveau. Rien. Une semaine. Quinze jours, il ne se passe rien. Le temps estompe le souvenir que chacun a de l'autre.

Mathieu reçoit des appels de Fabien régulièrement en liaison avec ses nouveaux amis. Demba vient d'apprendre qu'un massacre a eu lieu dans sa région entre Dogons et Peuls. Cent vingt personnes de son ethnie ont été tuées. Chaque coup porté a atteint Demba. Blessé, inconsolable, il est resté au lit au Bourget dans ce qui est devenu sa chambre, un espace partagé avec d'autres avec qui il ne partage rien. Fabien suggère à Mathieu d'appeler Demba, malgré tout. Mathieu hésite mais appelle, malgré tout. Mathieu a le trac. L'homme qu'il appelle est un territoire inconnu dont il ignore les méandres. Demba décroche. Sa voix douce efface les jours sans lui. Leur voix-à-voix anéantit en un instant les jours qui les ont séparés.

Mathieu rappelle à Demba la mission que le jeune homme n'a nullement oubliée. Ensemble, ils prononcent et répètent amusés leur mot de passe, leur code secret, leur sésame, la formule magique : Picasso ! Picasso ! Picasso ! Mathieu propose à son jeune camarade de se rendre comme promis « chez Picasso », au musée Picasso. Mathieu est étonné de tenir pour une fois l'une de ses promesses. Demba n'a jamais cru en une seule.

Rendez-vous est fixé. Motivé, enthousiasmé par sa nouvelle fonction de créateur de rêves, Mathieu épluche consciencieusement les livres qu'il a chez lui. Il surfe sur internet. Il potasse son Picasso. Il redevient étudiant. Il révise. Il rajeunit. En attendant de revoir Demba, il poursuit une vie que l'on pourrait croire exaltante mais qui ne l'exalte plus. Il visite des galeries et des musées accompagné de connaisseurs éclairés et satisfaits dont l'échange de connaissances relève plus de l'affichage que du partage. L'enthousiasme des yeux écarquillés de Demba, la fraîcheur joyeuse de son regard, l'énergie du désespoir qui enflamme tout son être manquent à Mathieu.

Le matin de leur rendez-vous, Demba se réveille au Bourget dans un vacarme désordonné qui se planque partout. Trois autres personnes logent dans sa chambre qui ne l'est donc pas. L'intimité y est impossible. Oreilles rivées à leur portable, ses voisins de chambrée écoutent toutes sortes de musiques ou conversent bruyamment. Demba, exilé sous son casque, écoute le chant d'une flûte peule. Mathieu écoute un concerto poignant de Maurice Ravel, les fenêtres ouvertes sur une rue calme égayée par le chant de quelques oiseaux guillerets.

Quand Mathieu se réveille ou s'endort, il peut observer deux objets posés sur sa table de chevet. Elle est un mémorial. Sur le petit meuble en bois clair reposent une douleur et un regret. Le seul objet que Mathieu conserve de son ex-femme est une petite fusée cylindrique qui permet d'atteindre la nostalgie : un tube de rouge à lèvres. Mathieu regrette la séparation, ancienne pourtant. Il regrette beaucoup, d'où une certaine insatisfaction permanente. À côté de la petite fusée gît un bracelet en cuir clair masculin et usé. Il est une douleur, la douleur, sa douleur.

Seize heure trente. Mathieu arrive un peu en avance comme on l'est souvent pour un rendez-vous important. Il se place devant l'immense porte cochère qui donne accès au musée. Un flux ininterrompu de visiteurs le contourne comme l'eau le fait lorsqu'elle passe le long du pilier d'un pont. Mathieu s'accroche à son impatience.

Demba n'arrive pas, pas encore. Il marche nonchalamment dans les rues étroites du vieux quartier central où se trouve le musée : le Marais. Il est alléché par les façades luxueuses d'immenses bâtisses élégantes qui ressemblent aux châteaux qu'il a vus enfant dans des livres scolaires. Tout ce qu'il regarde est nouveau pour lui. Marcher sans se retourner l'est aussi. Marcher pour le simple plaisir de le faire n'est pas une pratique qui lui est habituelle. En général, pour lui, marcher est une contrainte, une souffrance. Il a marché pour fuir. Il a marché pour répondre à des convocations. Aujourd'hui, il ne marche pas, il déambule, il erre gaiement dans les rues étroites et densément fréquentées du Marais. Il a vingt-trois ans. Il gardait le bétail dans la savane aride de la région de Yabouctou. Trois années le séparent des baobabs maliens du porche du musée parisien, trois années pour quitter un monde trop connu et être englouti par un monde inconnu. Demba arrive rue de Thorigny. Il se dirige vers Mathieu. Les deux hommes se serrent la main avec hésitation, avec la grâce de grands échassiers qui effectueraient leurs premiers pas. Le musée ferme dans quarante-cinq minutes.

L'immense porche de l'hôtel particulier franchi, Demba décortique tout. Il examine le fronton sculpté qui surplombe l'édifice. Son regard caresse les épaules dénudées de déesses gracieuses. Il remarque, surpris, des sculptures représentant des chiens à l'attitude altière qui se tiennent debout comme des hommes. Ses yeux gambadent le long de lianes de fleurs et de feuilles délicatement sculptées qui ornent le bâtiment. Demba n'a jamais rien vu de tel. Il prend son temps. Il ausculte l'hôtel particulier avec ce regard qu'aime tant croquer Mathieu. Les deux hommes entrent dans le musée.

Demba est sidéré par l'immensité de l'escalier magistral qui conduit aux étages. « C'est grand chez Picasso », dit-il avec ironie. Mathieu ne s'empêche pas de raconter l'histoire de l'élégante bâtisse : « Tout est luxueux ici, parce que le premier propriétaire ne manquait pas d'argent. L'hôtel particulier fut construit par Pierre Aubert qui percevait au nom du roi l'impôt sur le sel et s'en concédait une forte rémunération. L'hôtel fut surnommé hôtel Salé pour cette raison. » Demba écoute Mathieu avec plaisir. Ses yeux pétillent. Il aime quand Mathieu lui raconte des histoires. Petit, il ne parvenait pas à les écouter. Les deux hommes grimpent le gigantesque et impressionnant escalier. Demba regarde le plafond, les moulures, la majesté d'une immense lanterne imaginée pour le musée par Giacometti, la beauté de la rampe dont il caresse le bronze.

Le jeune homme emprunte pour la première fois un escalier en prenant son temps, en le contemplant avec fascination. Ceux des administrations qu'il fréquente sont en général fonctionnels, fatigués et tristes. Celui de l'hôtel Salé est raffiné, un véritable spectacle. Non sans humour, Demba trouve que tout ce qu'il voit représente probablement de nombreuses tonnes de sel. Il ajoute, beaucoup plus gravement, que les pays pauvres d'Afrique sont riches en matières premières mais que des tas de Pierre Aubert détournent honteusement ces richesses, laissant les pays aussi pauvres que s'ils n'en avaient pas. Demba, continuant son ascension du grand escalier, est révolté quand il évoque la corruption qui gangrène son continent. Il l'est encore plus lorsqu'il explique, indigné, que « tout le monde sait, que les pays occidentaux savent et qu'ils se taisent, parce qu'ils y trouvent leur compte ». Mathieu découvre un jeune homme aguerri, révolté mais aussi résigné. Il ne quitte pas pour autant son costume de conteur et entame le récit de la naissance du quartier où est situé le musée. Les yeux de Demba pétillent à nouveau immédiatement. Il apprend et aime apprendre. Mathieu précise que l'élégant Marais est né au XVIIe siècle en plein marécage, d'où il tire son nom. Mathieu distille des anecdotes qui font toutes écho. L'assassinat du roi Henri IV non loin du musée en rappelle d'autres à Demba. Le massacre des juifs du quartier pendant la Deuxième Guerre mondiale ressemble à d'autres dont celui de l'ethnie même de Demba. Mathieu arrive à l'essentiel, au maître : à Picasso. « Le peintre a fui son pays, l'Espagne, pour raisons politiques. Il s'est réfugié en France à la fin du XIXe siècle. » Demba ajoute, rieur : « Ça nous fait un point commun. » Mathieu confie que sa propre famille a quitté la Russie au moment de la Révolution pour se réfugier en France. Trois réfugiés sont réunis en plein cœur du Marais.

Mathieu et Demba se faufilent entre les visiteurs comme des patineurs. Depuis que Demba est passé sous le porche de l'hôtel Salé, il apprécie que personne ne le remarque. Il est absorbé par la foule. Elle le rend invisible. Il est un parmi elle, un comme les autres, un parmi les autres. Il est un visiteur étranger parmi des centaines de visiteurs étrangers. Ne pas être remarqué élimine toute possibilité de danger. Il se sent bien. Il se sent en paix chez Picasso.

Demba et Mathieu pénètrent dans la première salle, si haute de plafond et habitée par d'innombrables tableaux, dessins, sculptures et photos. Demba est comme dans une fête foraine, passant d'une attraction à une autre. Comme un manège, il tourne sur lui-même jusqu'à en avoir le vertige. La foule semble s'enrouler autour de lui.

Tout danse. Les formes à l'intérieur des tableaux, le public avec les œuvres, Demba avec Mathieu. Ils glissent vers une œuvre, la quittent, en rejoignent une autre. Mathieu suit Demba et non l'inverse. Mathieu regarde Demba davantage que les œuvres qu'il connaît. Demba est aimanté par un tableau qui représente un couple enchevêtré qui s'enlace. Il cherche, imite, incline la tête sur la gauche puis la droite. Il est déstabilisé. Il semble aimer l'être. Il identifie une bouche mais se reprend. Pas certain. Picasso l'oblige à chercher, le dérange, le perturbe. Demba comprend que Picasso veut qu'on joue avec lui. Demba enfant n'a pas beaucoup joué. Adulte, le musée Picasso, Picasso lui-même, est sa première aire de jeux. Il se dirige vers un tableau représentant une femme au visage contorsionné, déconstruit, déstructuré, inquiétant. Ses traits sont zigzagants, abrupts, asymétriques. Demba est à la fois hypnotisé et effrayé par cette femme envoûtante et pleine d'autorité. Mathieu lui explique que Picasso a peint toutes les femmes qu'il a aimées, non pas pour les représenter le plus justement possible, mais pour les vampiriser. Mathieu intensifie son récit en précisant que Picasso, homme-ogre, conduisit nombre de ses amoureuses à des vies dramatiques pouvant se terminer par le choix de la mort. Mathieu n'a pas terminé que Demba s'est déjà lancé vers une autre œuvre, représentant un groupe de femmes cette fois.

Là encore tout s'entrechoque. Les corps sont déformés, réinventés. Demba adopte ces femmes, ces formes, sans difficulté, comme s'il les avait déjà croisées.

« J'ai déjà vu des Picasso », dit sérieusement Demba. Mathieu est sidéré, dubitatif, et déçu. Il se sent trahi. Pourquoi Demba lui a-t-il fait croire qu'il ignorait tout de Picasso, jusqu'à son existence ? Demba précise : « Sur les murs d'une maison au Mali, j'ai vu des lignes qui se battent, se déchirent, s'avalent, disparaissent. J'ai entendu dans certains tableaux ce que j'ai entendu dans cette maison, comme des coups. » Mathieu ne comprend pas. Il espère la suite, des explications, des précisions. Demba ne poursuit pas. Sa gorge se serre. Ses yeux rougissent. Il n'ajoutera rien.

Devant le tableau représentant trois femmes, Demba presse Mathieu de questions auxquelles celui-ci n'est pas habitué. Elles l'obligent à reconsidérer sa vision du tableau, à réajuster ses impressions, à affûter ses commentaires. Le regard de Demba change le sien. Il l'enrichit. Il chatouille ses connaissances.

Une voix annonce la fermeture imminente du musée. Comme dans une cour d'école au moment où la cloche sonne, les deux gamins foncent… dans la salle d'à côté. Ensemble, absolument au même moment, ils repèrent la même œuvre. Leurs pas sont frères. Ils s'arrêtent devant un tableau représentant un village ensoleillé de bord de mer. Ensemble, ils ne disent rien. Ensemble, ils entrent dans le village aux murs jaunes, verts, rouges, joyeux. Ensemble, ils contemplent des jardins appétissants aux fleurs débordantes, rouges et jaunes. Ils entendent le vent léger qui agite délicatement quelques palmiers. Ensemble, ils sont attirés par la mer si bleue qui lèche le pied du village. Sur la mer, un bateau aux voiles blanches s'apprête à prendre le large. Ensemble, ils rejoignent les quelques passagers qui s'affairent sur le voilier. Le bleu de la mer, celui du ciel, ils se laissent absorber par lui, ensemble, sans aucun mot. Là a lieu leur véritable rencontre. Ils cavalent dans les ruelles de Picasso. Ils cueillent les fleurs de Picasso. Ils frappent aux portes closes. Ils boivent la joie triomphante peinte par Picasso en 1952.

Mathieu sait qu'on ne peut dissocier une œuvre de ce que vit, voit le peintre au moment où il crée. Il explique à Demba qu'en 1952, Picasso est amoureux comme à la première heure. Il vit dans le Midi avec la femme qu'il aime. Il est reconnu, idolâtré. L'amour le rend enfantin, léger. Le tableau est la preuve de son bonheur, un prolongement de celui-ci. La mer représentée est la Méditerranée, attirante et assassine. Mathieu y pense. Demba le sait.

Afin d'étirer le plaisir de se promener dans le village peint par Picasso, ils s'installent devant le tableau. Ils entendent les sons qu'ils imaginent. Ils subodorent le vent léger qui lèche le tableau et s'engouffre avec tact dans la voile blanche du petit bateau, blanc aussi, qui mouille devant le village anguleux et multicolore. Ils perçoivent les rires qui proviennent certainement de la terrasse jaune qui surplombe la mer si bleue. Les deux hommes regardent, écoutent mais se taisent. Ils partagent leur silence pour la deuxième fois. Silence dont aime jouir Mathieu lorsqu'il est chez lui. Silence cajoleur que Demba recherchait lorsqu'il se cachait entre les racines du baobab afin de fuir les bruits de son village, afin d'oublier les soupirs de son oncle. Demba et Mathieu partagent le silence. Ils font aussi mer commune. Pour l'un, la Méditerranée est source de jouvence. Pour l'autre, la même mer, la même eau, est un péril, un cimetière. Pour Picasso, né à Malaga, elle fut un berceau heureux. Bien plus tard, la Côte d'Azur fut un lieu de villégiature, de travail et d'inspiration.

Le musée ferme. Les deux hommes sont les derniers visiteurs. Ils sortent du musée. Le grand porche se referme. Ils marchent quelques mètres rue de Thorigny. Demba s'immobilise en pleine rue. Il gagne mal sa vie. Il travaille légalement dans un atelier de marqueterie de paille. Il envoie un peu d'argent à sa famille. Après la visite du musée, il retournera dans un centre d'hébergement avec pour royaume, comme unique richesse, un petit lit étroit et grinçant. Pourtant, il annonce fièrement à Mathieu et à la rue déserte que lorsqu'il aura un chez-lui, il aura des Picasso. Mathieu est ébaubi et heureux. Demba aime vraiment beaucoup Picasso. Sans vouloir le vexer mais pour qu'il ajuste ses rêves et se prépare à faire d'immenses économies, Mathieu désigne un immeuble et indique qu'en vendant un seul tableau de Picasso, on peut acheter l'immeuble tout entier. Demba n'est pas pour autant désemparé. « J'aurai même des Picasso avant d'avoir un chez-moi », ajoute-t-il sans la moindre hésitation. Il désigne alors la boutique du musée devant laquelle les deux complices se trouvent. De la rue, il a aperçu dans la vitrine quelques reproductions. Mathieu et Demba entrent dans la boutique. Ils remarquent en même temps un petit tableau troublant mais triste représentant un jeune homme blafard, verdâtre. Du sang coule par un petit orifice. Il est probablement mort, fraîchement mort. Il est un mort jeune. Mathieu et Demba ont connu ce jeune homme, des jeunes hommes comme celui du tableau de Picasso. Demba a perdu des collègues d'exode. Mathieu n'évoque jamais, ne s'évoque jamais, un jeune homme mort trop tôt. Leurs douleurs sont conjointes. Ce tableau est un miroir que leur tend Picasso. Un tableau a ce pouvoir-là : être un miroir. Le tableau les assemble. Demba et Mathieu y voient quelque chose de parti, irrémédiablement.

Devant l'émotion provoquée par le tableau, Mathieu achète deux reproductions. Les deux amis quittent la rue de Thorigny et marchent dans le Marais, leur petit Picasso sous le bras. Demba n'a pas encore de chez-lui mais possède déjà un Picasso. Les deux hommes quittent le Marais. « Tu vas continuer de me faire rêver, j'espère. Un musée est une belle boîte à rêves. Fais-moi encore rêver », demande Demba, inquiet.

Le soir chacun déroule sa reproduction. Demba la scotche dans son armoire. Mathieu l'installe dans son salon. Ce petit tableau de 27 cm sur 35 est le premier souvenir commun qu'ils accrochent en face d'eux. Le début d'eux.

À la boutique du musée, Demba a acheté un petit livre sur Picasso. Il le lit attentivement autant pour découvrir la vie du peintre que pour parfaire sa connaissance de la langue française. Dans son lit, il murmure les mots qui racontent le maître. Picasso est aussi son professeur de français.

Départ

Vite, très vite. Cela s'est passé si vite. Chaque jour depuis des milliers de jours, il pensait à ce jour, au jour où il partirait pour respirer sa vie.

Ce matin-là, il est parti. Rien n'aurait changé s'il était resté. Rester, c'était continuer de voir chaque jour son oncle, invincible, intouchable, indifférent. Rester, c'était n'avoir d'autre choix que de demeurer éleveur, que d'être pauvre, que de vivre dans le silence, dans le vent, dans le sable. Il est parti pour quitter le néant, pour quitter la peur, pour fuir la mort que les djihadistes se rapprochant de Sébé semaient partout, tout le temps. En dehors de sa mère et des baobabs, rien ne retenait Demba. Il a décidé de partir le jour de ses vingt ans, pour l'Europe, pour Paris. Là-bas, si loin, il espérait pouvoir être un autre, être enfin lui.

Ce jour-là, Demba s'est levé vers cinq heures quand la nuit dort encore et que les autres appartiennent à leur sommeil. Il a ramassé quelques affaires, pris son porte-feuille et rangé l'ensemble dans un sac à dos beige. Il a emporté tout ce qu'il possédait, c'est-à-dire rien. Il est sorti de la case comme s'il allait faire une course dans le village voisin. Sur la piste en terre, il a pris à gauche vers la grande ville de Yabouctou. De là partent les routes qui traversent le pays, errent dans le Sahara pour arriver en Algérie. Il a marché, des heures, encore des heures, des jours, encore des jours, jusqu'au jour où il n'a plus compté ni les heures ni les jours.

Il a avancé en suivant des milliers d'autres qui suivaient des milliers d'autres. Il a été une fourmi parmi des milliers suivant une colonne sans fin. Il a marché n'écoutant que ses pas, se méfiant de tout. Il a cousu dans son pantalon, derrière sa ceinture, un peu d'argent. Il aurait pu prendre des bus ou des taxis-brousse, sauter dans des camions ou des voitures mais il aurait dû payer. Payer, il se prépare à le faire quand il s'agira de quitter l'Afrique. Il a peu d'argent. Pas de quoi aller jusqu'au bout du monde mais au moins au bout de quelques jours, de quelques semaines, au bout de la Libye.

Les frontières entre le Mali et l'Algérie sont fermées. Elles ne sont pas étanches, 1329 kilomètres troués.

Demba sait où sont les passages. Il se faufile entre serpents pervers et escrocs venimeux, entre scorpions aguerris et passeurs véreux. À l'âge de vingt ans, rien n'est un rempart infranchissable, un obstacle insurmontable.

Demba a passé la frontière sans même s'en apercevoir. Des policiers algériens croisés en plein désert rocailleux n'ont pas manqué de lui rappeler que l'accueil est payant. Demba a ensuite repris sa marche jusqu'à une grande ville qui a fini par l'absorber. Là a commencé sa carrière de paria, d'exploité sans droits, d'humilié permanent. Là, il a travaillé plusieurs mois.

Pour l'Europe, l'Algérie n'est pas un point de départ, la Libye l'est. Demba a repris son petit sac à dos et il a marché, encore, encore.

Il a emprunté une route secondaire. Une voiture s'est arrêtée. Il est monté dedans. Elle l'a rapproché de la frontière libyenne en le délestant de l'essentiel de ce qu'il avait gagné en Algérie.

Quelques kilomètres encore et la Libye. Quelques kilomètres de dunes qui ressemblent à des dunes. Un compagnon d'exil lui suggère de jeter dans le désert son sac à dos. Comme la viande fraîche qui attire les vautours, son sac exhibe trop sa condition de réfugié et va attirer immédiatement les prédateurs libyens. Demba enterre dans le sable, résigné et triste, son unique bien, ainsi que le trésor sans valeur qui est à l'intérieur :

quelques dessins esquissés au pied du baobab et deux crayons de couleur. Il se déleste de son passé malien, ne gardant que l'argent cousu dans son pantalon.

Demba marche, encore, toujours, encore, dans le désert libyen. Il se rapproche de villages. Il se rapproche du danger. Chaque village a son chef, son leader mafieux. Là, se trouve du travail. Là, les réfugiés sont traités comme des esclaves. Demba reste des mois en Libye. Après des mois de clandestinité sombre, il a atteint la Méditerranée. Il s'est tapi dans le chaos qui règne entre Tripoli et Benghazi. De là partent toutes sortes d'embarcations, des canots pneumatiques surtout. Certains ne parviennent jamais de l'autre côté. Demba le sait. Il ne veut pas avoir peur. Il ne peut pas renoncer, alors il n'a pas peur. Il attend encore, puis arrive la nouvelle. Une embarcation va bientôt partir d'une plage proche d'un immeuble bombardé où il a trouvé refuge.

Sur la plage, des centaines de réfugiés s'entrecroisent, s'assoient et attendent dans un silence effarant. Les économies de Demba passent de main en main. Son impatience s'accroît d'heure en heure. Chaque minute d'attente accélère son rythme cardiaque et fait trembler davantage un corps qu'il voudrait que les autres croient impassible. Personne ne l'est. Le moindre signe de faiblesse peut être fatal. Chacun attend l'effondrement de l'autre. Les places sont rares. Un canot perce la ligne de l'horizon, approche lentement. Il s'immobilise enfin devant la crique libyenne. Il est aussitôt pris d'assaut. Personne ne compte le nombre de passagers montant. Un passeur autoritaire demande si quelqu'un sait conduire une mobylette. Celui qui lève la main est, sans le vouloir, celui qui pilotera l'embarcation surchargée. Les moteurs sont en marche. Un passeur montre une boussole au malheureux élu qui n'en a jamais vu. L'embarcation avale déjà la mer. Demba la fréquente pour la première fois. De l'autre côté de la Méditerranée, tout sera mieux, espère-t-il, croit-il. Dans le canot bondé, il n'est plus qu'un corps agglutiné parmi d'autres corps agglutinés. Il n'est plus un homme. Il est un résidu parmi d'autres qui composent une masse inextricable d'individus.

Le destin de Demba dépend d'un inconnu qui n'a jamais pris la mer, jamais vu une boussole. Le bateau pneumatique file sur l'eau. Le moteur crache son bruit infernal tandis que des dizaines de réfugiés étouffent leur peur. Certains prient. L'embarcation ne fonce pas droit devant elle. Elle entame une série de cercles peu vertueux.

Le bateau suit sa propre trace. Le géant pneumatique titube. Il est percé. Le réservoir à essence se vide. La mer a faim. Le canot se dégonfle. Il se remplit d'eau.

Les cris. La panique. Certains sautent par-dessus bord. La mer ne leur pardonnera pas. Demba s'accroche. Il ne sait pas nager. Personne ne sait. Il prie lui aussi. Le canot commence à sombrer. Il condamne à mort des êtres pleins d'espoir. Ils vont devenir des cadavres oubliés. Demba continue d'y croire. Croire est sa force. Il s'agrippe à une partie de l'embarcation qui ne coule pas encore. La nuit est arrivée. Il n'y a plus d'essence. Plus de cris non plus. Au lointain, un point de lumière tangue et se rapproche. Demba ne cesse de le fixer. Une lueur d'espoir se rapproche. Un bateau se rapproche. Un vrai. Un grand. Il vient au secours de ceux qui n'ont pas été « emmerés » vivants. Demba se hisse à bord. Il est sauvé, contrairement à des milliers d'autres avalés par la mer, abandonnés par les hommes. Le bateau de l'organisation non gouvernementale Sea-Watch accoste sur une île située au large de la Sicile. Demba y reste quelques jours, avant d'être trié comme on le fait pour le bétail. Il est questionné, évalué, jaugé, puis parqué sous une tente.

Au même moment, Mathieu regarde, quasi indifférent, un reportage à la télévision sur l'île de Lampedusa. Au-delà de quelques kilomètres autour de sa vie, Mathieu ne pleure pas le monde. Le cadre de son existence, ce sont les cadres des tableaux. Il était critique d'art, organisateur d'expositions, un peu collectionneur. Il était. Il considère qu'il n'est plus rien.

Demba séjourne quelques jours à Lampedusa. Il est ensuite acheminé vers un immense camp d'accueil en Sardaigne. Là sont mis en attente, mis à l'index, Érythréens, Syriens, Maliens, Nigérians, Soudanais, Camerounais ou Somaliens. Près de Cagliari, dans les collines, encagé dans un camp gigantesque, Demba regarde la mer. Il la regardera pendant dix mois. Dans le camp, chacun attend mais ne sait pas ce qu'il attend. Demba n'est pas malheureux pour autant. Chaque réfugié reçoit 2,50 euros par jour. Tous les gardent, pas Demba. Il veut voir la ville proche, découvrir un nouveau monde. À Cagliari, il commence à goûter la liberté. Sa vie bascule au moment même où, assis pour la première fois de son existence à une terrasse de bistrot, lui est servi un café. Pour la première fois de son existence, on le sert.

Il contemple la ville. Il n'avait jamais rien contemplé d'autre que ses amis baobabs. En approchant ses lèvres de la tasse de café, il embrasse la liberté. Il jouit de la minute présente. Il l'étire. Sur le chemin du retour au camp, il l'élonge. Il ne pense qu'au jour où il pourra rejoindre la France. Son passé est derrière lui, il s'estompe déjà. Demba attend deux cent soixante-huit jours dans le camp sarde et se rend autant de fois au café. À Cagliari, il commence son stage de nouvel Occidental.

Le deux cent soixante-neuvième jour, il prend un ferry pour l'Italie, puis saute dans des trains la peur au ventre. Il franchit la frontière italo-française entre mer et Alpes, caché dans un camion.

Demba a un contact dans une association humanitaire spécialiste de l'immigration. Par elle, il arrive à Paris ou plus précisément au Bourget. D'autres associations vont tenter de l'aider en tout : papiers, emploi, logement. Fabien travaille avec l'une d'entre elles. C'est là qu'il a croisé Demba.

Au Bourget, il y a des cafés et à Paris on ne les compte pas. Ce sont les nouveaux royaumes de Demba, des centres d'observation qui lui permettent d'approcher, de se familiariser avec la civilisation dans laquelle il a choisi de vivre sans la connaître vraiment. Au café, Demba lit. Il pense, il écoute. Il est abordé par d'autres consommateurs sans qu'il considère cela comme une menace. Au café, Demba entame un nouveau parcours, une nouvelle conquête. Il devient lui.

Chez lui, Mathieu se sent écrasé par une solitude étouffante depuis que sa femme est partie, mais pas uniquement pour cette seule raison.

Lui aussi aime les cafés. Chaque jour, il se rend au bistrot voisin, près des jardins du Palais-Royal. Là, il passe beaucoup de temps à lire des ouvrages d'art, des revues politiques, la presse quotidienne, mais aussi les visages. Il se distrait pour ne pas être rongé par ce qui le consume malgré lui. Depuis une vingtaine d'années, il avait alors un peu plus de trente ans, sa vie a perdu tout son sel. Pour le remplacer, il sucre beaucoup ses cafés. Sucre, peinture et musique alimentent son existence, sans aucunement la combler. Il ne rêve plus.

France-Tango

Après avoir affronté pendant des jours la terre brûlante du Mali, s'être terré en Algérie, avoir résisté à l'exploitation mortifère en Libye, après avoir repoussé les assauts de la Méditerranée, avalé des kilomètres en Italie, passé en tremblant la frontière française, s'être caché avant d'arriver à Paris, après la rue, les halls d'immeuble misérables et les tentes puantes, Demba est accueilli dans un centre pour réfugiés au Bourget, à quelques kilomètres de Paris. « Accueilli » n'est pas le mot exact. Il est entassé avec d'autres venus de son pays, du Sénégal, de Guinée, du Congo ou du Soudan. Pas de centimètre carré pour soi, mais toujours les autres, leurs conversations, leurs pas, leurs radios, leurs téléphones, le bruit des casseroles, de la chasse d'eau, des tuyauteries usées. Jamais le calme pour s'échapper par les songes du quotidien, du vide ou du manque. Au Bourget, Demba a été déposé comme un objet encombrant. Son esprit est en sommeil et son corps orphelin. Pas un geste de tendresse, de personne, jamais.

Après avoir travaillé de 9 heures à 17 heures, Demba rentre au centre mais il y reste le moins possible. Il ne partage rien avec ses collègues d'exil, camarades de circonstance. Chacun est frère d'errance mais chacun est un concurrent possible, concurrent pour un logement, un emploi, un papier qui dépend de quotas. Demba ne veut rien raconter de sa vie afin de ne pas dépendre de curiosités plus ou moins bienveillantes. Demba sait se taire. Au Mali, il s'est réfugié très tôt dans le mutisme. Les violences subies alors qu'il n'était pas même encore un homme ont ligoté son corps, muselé ses muscles, estropié ses désirs.

Pour survivre au Bourget, Demba a besoin de sortir du centre d'hébergement. Dès qu'il le peut, il emprunte l'effrayant, désespérant et terne boulevard sur lequel le centre a été construit à la hâte, il y a longtemps. Demba sort. Animal sans cage, il affronte le boulevard. Le boulevard n'a rien à offrir. Demba marche pour penser. Avant, il marchait pour marcher. Il marchait pour ne pas mourir. Sur le boulevard maussade, il marche et écoute sa musique. Il marche libre, libre de marcher, de rentrer, d'errer.

Depuis peu de temps, en sortant du centre, Demba

avale le boulevard sans fin et bifurque sur la droite. Il emprunte une rue qui ressemble à une autre dans un quartier qui ressemble à un autre dans une ville qui ne ressemble à rien. À la différence du boulevard, la rue qu'il rejoint est tranquille et endormie, presque. Au 7 de la rue Jean-Jaurès se trouve un immeuble modeste de trois étages. Il se distingue des autres au gris délavé par une façade blanchâtre, presque coquette. Au rez-de-chaussée, derrière une immense baie vitrée opaque, des silhouettes s'agitent, se rapprochent, s'emboîtent, se séparent. Elles disparaissent de la vue de Demba lorsqu'elles s'enfoncent au fond de la pièce. Demba regarde la baie vitrée comme on regarde un spectacle d'ombres chinoises.

De l'immeuble s'échappent des sons que Demba n'a jamais entendus, des airs sans percussions, sans rythme qu'il puisse identifier. Pourtant, les silhouettes qui s'agitent avec grâce derrière la vitre opaque évoluent sur ces sons-là. Piano, contrebasse, guitare et surtout bandonéon, Demba ne connaît pas ces fabricants de sons mais les écoute attentivement. Au-dessus de la baie vitrée sont inscrites en néon rouge les onze lettres clignotantes qui identifient le lieu. Dans cette rue éteinte, la lumière vive projetée par ces onze lettres diffuse un brin de vie, un zeste de joie. Demba adopte le France-Tango.

Jour après jour, le jeune homme se rend devant la baie vitrée. Avant, il ralentissait le pas mais n'osait pas s'immobiliser. Désormais, il s'attarde de plus en plus longtemps. Il allume une cigarette et écoute, intrigué et amusé, ces sons étranges. Il observe, ne pouvant que les deviner, ces silhouettes en mouvement qui glissent, fusionnent, virevoltent, divorcent et se retrouvent.

Un jour Demba se décide à entrer dans le hall de l'immeuble. La porte qui donne sur la salle du rez-de-chaussée est entrouverte. Il entend des pas frapper le sol. Alors qu'au Mali, la musique est faite de percussions et de chants, aucune parole, aucun mot, aucune phrase ne se répand dans la rue muette du Bourget. Demba croit reconnaître le son d'un accordéon qu'il a entendu une fois dans un couloir du métro.

Demba se rend plusieurs fois dans le hall du petit immeuble blanchâtre. Il est séduit par l'absence de paroles de cette musique exotique. Lorsqu'il écoute des chansons en français, chaque mot lui rappelle qu'il vient d'ailleurs. Sa langue est sa terre. Le peul est sa terre. Rue Jean-Jaurès, ce qu'il écoute ne lui rappelle pas qu'il est un étranger. La musique qui anime les silhouettes dont il entend les pas frapper le sol est une terre inconnue qu'il souhaite de plus en plus découvrir.

Au bout de quelques semaines, après avoir tourné à droite, observé les silhouettes à travers la vitre opaque en fumant une cigarette, après s'être immobilisé dans le hall près de la porte entrouverte, il voit une jeune femme entrer dans l'immeuble. Elle remarque Demba debout contre le mur, les yeux sémillants, les oreilles intriguées. Pétillante, petite, fine, les cheveux longs en bataille, elle s'adresse à lui. Étonnée de l'avoir vu plusieurs fois à cet endroit sans oser entrer, elle lui propose de la suivre, sans lui laisser vraiment le choix. Virginie saisit le bras de Demba avec bonne humeur. En quelques secondes, l'espion timide se retrouve propulsé dans une grande salle dotée d'immenses miroirs dressés du sol au plafond.

Virginie l'abandonne avec un grand sourire et fonce changer de chaussures. Elle troque ses baskets contre de belles chaussures vernies noires. Elle coiffe ses cheveux, les lisse et les noue derrière la nuque. Demba est dans la pièce qu'il ne faisait que deviner. Devant lui, une, deux, trois, quatre, cinq, six, sept, huit, neuf, dix personnes. Il lui est difficile de compter car toutes se déplacent, s'entrecroisent, des chaussures vernies noires aux pieds. Les hommes portent des pantalons sombres et les femmes des jupes, des robes, des chemisiers ou des justaucorps sobres. Toutes ont un chignon laissant apparaître la grâce de leur cou. Hommes et femmes se tiennent anormalement droits comme s'ils avaient une planche dans le dos. Demba a mal pour eux. Il n'a jamais vu un tel type de rassemblement d'individus concentrés, souriants et silencieux. Chacun est à sa tâche. Pour ne pas déranger, afin d'être oublié, il s'assied. Rien ne lui rappelle quelque chose. Il est un homme vierge assis devant un nouveau monde. Il écoute. Il regarde. Il picore.

Devant lui des couples se forment et se défont. Les mains se prennent, se tiennent, se lâchent, se retrouvent. Tout est jeu : jeux de jambes, de pieds, de mains et de regards faussement froids. Les têtes restent droites tandis que les jambes s'entremêlent. Les pas se frôlent, se suivent, s'imitent. Tout va vite. Demba quitte un couple pour en regarder un autre. La musique les porte, les soulève. Dehors, il n'y a pas de vie, pas même un chat pour chahuter avec un autre. La musique et la danse font chavirer Demba. Il est médusé, amusé, interloqué. Il reste assis longtemps jusqu'à oublier que le temps passe, qu'une minute botte le cul d'une autre et que d'innombrables autres attendent et piaffent de faire de même, goulues et déterminées. La musique s'interrompt sèchement. Demba retombe sur le sol du Bourget. Une femme rappelle quelques règles de danse. Elle décompose un pas avec un partenaire docile et appliqué. Les autres font exactement la même chose. La musique recommence. Les couples reprennent leur course. Demba reprend son air de curieux. Le France-Tango se trouve à quelques centaines de mètres de son centre d'accueil. Demba a l'impression d'en être à des millions de kilomètres. La musique s'arrête à nouveau. Un homme change de chaussures et réenfile celles de ville. Il part, laissant Virginie sans compagnon. Elle se dirige vers Demba, lui tend la main afin qu'il se lève, qu'il la rejoigne. Demba reste assis. Aucune femme n'a jamais manifesté le moindre intérêt pour lui. Dans le pays d'où il vient, un homme choisit une femme et pas l'inverse. Virginie insiste.

Demba se lève, intimidé. L'ensemble de la classe de tango le regarde. Tous attendent Demba qui semble paralysé. Devant des hommes et des femmes dont les jambes sont des empires, il perd l'usage des siennes. Il tremble. Il ignore complètement les intentions de la téméraire Virginie. Elle lui montre les casiers où sont rangées des paires de chaussures noires et vernies. Elle l'invite à en choisir une. À nouveau la musique. Quatre couples reprennent leur course effrénée et codifiée. Ils dansent. Demba ne sourit plus. Tétanisé, il quitte ses vieilles rangers pour chausser les souliers sérieux noirs. Virginie, attentionnée et déterminée, ne laisse pas de temps au doute, à la résistance, aux questions. Elle le tire vers le cœur de la salle. Les autres dansent désormais, indifférents aux hésitations de Demba. Virginie saisit sa main gauche afin qu'il la prenne par la taille.

Demba n'a plus de corps depuis longtemps. Corps bafoué, souillé, anéanti au Mali, corps meurtri par l'exode, corps agressé par le froid européen, corps nié, caché par des vêtements occidentaux, le corps de Demba n'existe plus. N'existait plus. La main tendue de Virginie le révolutionne comme le premier pas posé sur la Lune a révolutionné l'histoire de l'humanité. La main de Virginie a réveillé le corps de Demba. Ils sont l'un contre l'autre. Demba tient Virginie par la taille mais reste immobile. Les autres dansent. Demba n'arrive pas à bouger. Il ne peut pas. Son corps ne lui appartient pas encore. Il ne fait qu'entamer sa conquête. Virginie esquisse un pas. Demba ne parvient pas à la suivre. Subtile, Virginie n'insiste pas. Elle raccompagne Demba aux casiers à chaussures. Il y aura d'autres leçons, espère-t-elle. Demba ne sait pas quoi dire alors il ne dit rien ou presque rien. Il dit merci. Il dit : « Je dois rentrer. » Il ne doit pas. Virginie lui demande s'il habite à côté. Pas loin, répond Demba. Virginie demande où. Demba est déjà parti.

Dans l'immobile et muette rue Jean-Jaurès, Demba écoute du tango sur son téléphone portable. Il esquisse quelques pas. Il se déhanche timidement mais il se déhanche. À l'approche du centre d'accueil, il coupe la musique. Il redevient Demba, un jeune homme sans corps, un réfugié, prisonnier de sa condition. Mais Virginie a pris sa main.

Le lendemain, Demba reprend le chemin de sa vie. Le soir même, il emprunte celui du France-Tango. Il entre directement dans la salle remplie de couples amourachés avec dignité, célébrés, stimulés, guidés par le bandonéon, qui est bien un petit accordéon comme Demba l'a vérifié. Virginie danse avec un autre. Elle tourbillonne sur elle-même. Se déplie. Ses jambes s'enroulent autour de son partenaire. Elles le caressent, presque. Demba assiste à leurs ébats, déçu. Il n'est pas l'unique homme de Virginie. À la fin de la musique, elle vient enfin le voir. Pour la deuxième fois, elle lui propose d'enfiler les chaussures magiques qui conduisent à glisser au-dessus du sol, à défier les lois de la pesanteur, à accomplir un corps-à-corps quasi amoureux. Demba a découvert la veille qu'il avait un corps. Il découvre celui de Virginie. Il ignore le corps des femmes. Au Mali, les femmes n'avaient pas de corps, occultés par des boubous épais. Les femmes croisées pendant l'exode étaient délestées de leur féminité. À Paris, une femme réfugiée ressemble à un réfugié, à une silhouette qui se faufile le regard baissé. Celui de Virginie est frontal et perçant.

Depuis qu'il fréquente Mathieu, Demba croise davantage de femmes qu'avant, nues parfois. Femmes alanguies, rondes et désirables, sèches et peu aimables, femmes distordues, femmes au visage bleu ou vert, femmes à la poitrine étrangement placée, Demba fréquente davantage les femmes de Picasso que celles que la vie ne lui offre pas. Au France-Tango, les femmes que voit Demba sont gracieuses. Elles portent leur tête comme des reines. Demba n'a jamais vu autant de femmes qui cachent si peu leur corps. Afin de permettre d'admirer la grâce de leurs gestes, les femmes qui dansent portent des vêtements qui révèlent leurs formes et leur agilité. Demba constate que dans le tango, elles dirigent, dominent et jouent autant que les hommes. Il ignorait que les femmes puissent être comme cela : libres et audacieuses, féminines et déterminées. La femme qu'il fréquente le plus, l'unique femme de sa vie, est dans son portefeuille. Assise, le buste droit, le visage biscornu, elle porte bleu, de sa chasuble à son chapeau. Ce portrait de Picasso est celui de celle que Demba s'est choisie pour mère. Il n'a pas pu emporter une photo de celle-ci. À Sébé, pas un seul photographe n'est jamais passé.

Virginie conduit Demba au cœur de la salle. Cette fois il ne résiste pas. Elle glisse une jambe entre les siennes. Elle remonte méthodiquement vers son sexe. Elle retire sa jambe pour l'enrouler autour de celles de Demba. Elle est une liane qui encercle un tronc.

Elle danse en jouant autant de ses jambes et de ses bras que de ses yeux et de son visage tout entier. Demba se laisse guider. Il est tétanisé. Il le cache. Les femmes et les hommes autour de lui se font une cour effrénée, élégante et subtile. Les corps s'emboîtent, se quittent, s'effleurent, esquissent des petits pas retenus et pudiques. Demba est pris au piège. Il esquisse consciencieusement les pas que Virginie lui montre. Il semble scolaire et détaché mais il est de braise. Il déplace un pied qu'il fait glisser sur le sol jusqu'à Virginie. Il finit par s'emparer de la jeune femme. En une fraction de seconde, chacun passe de proie à prédateur et inversement. Demba prend goût au jeu. Soudain, il s'arrête.

Demba transgresse sa foi. Le Coran interdit tout contact avec une femme avant le mariage. Ces jambes enlaçantes, ces bras ensorcelants, ces corps qui s'emboîtent sont des insultes à Allah. Demba a lu que le tango est né en Argentine à la fin du XIXe siècle. Le Prophète a vécu quatorze siècles plus tôt. Il n'a jamais dansé le tango. Ceux qui ont rédigé le Coran non plus. Demba n'y voit pas pour autant un feu vert. Avant de continuer, il doit s'interroger, interroger. Le France-Tango était un espace inattendu de liberté. Il devient un tribunal dans lequel Demba est son propre juge. Il a quitté le Mali pour devenir un homme libre et se débarrasser de règles irrespirables. Pourtant, elles stagnent encore. Demba est déchiré. Il remercie Virginie. Elle ne manifeste aucun mécontentement. Compréhensive, elle ne pose pas de questions. Elle espère, elle sait que son compagnon de déhanchements reviendra. Demba file. Virginie se trompe, peut-être.

Demba ne retourne pas au France-Tango, mais il regarde beaucoup de vidéos afin d'apprendre quelques pas, afin de danser sans effleurer personne, sans offenser aucun dieu. Quinze jours après avoir pris son premier cours avec Virginie, il se rend dans le quartier Montorgueil, au centre de Paris. Il achète ce qui sera le premier cadeau qu'il s'offre : des chaussures noires et vernies. Cette paire-là est plus qu'un savant assemblage de pièces en cuir souple, de semelles matelassées et de talons biseautés. Elles sont ses bottes de sept lieues. Cette paire-là ne conduit pas à marcher mais à danser et à se trouver. Demba a décidé. Il refuse de subir des règles édictées il y a plusieurs siècles, bien avant la naissance du bandonéon. Demba change. Il se libère. Il s'émancipe. Il est flexible, mobile, ouvert. La religion ne l'est pas.

Virginie ne s'est pas trompée. Demba se rend à nouveau et régulièrement au France-Tango. Il se réfugie dans un pays sans mots qui l'a pleinement adopté. Demba a enfin un corps. Quand il danse, le sol ne lui résiste plus. Il l'effleure. Il ne craint rien. Le tango fissure sa carcasse, le conduit à s'affranchir. Désormais quand il marche, il courbe moins la tête. Virginie est heureuse de ses progrès. Il pleut. Elle propose de le raccompagner en voiture. Demba décline. Pas question d'être déposé là où il ne veut pas qu'on sache qu'il vit. Même Mathieu n'est jamais venu. Le France-Tango est le nouveau secret de Demba. Il n'en parle à personne.

Demba et Mathieu baguenaudent sur les quais de la Seine, rive gauche. Ils flânent le long de Notre-Dame. Ils s'arrêtent devant les péniches fleuries qui se frottent contre les quais. Les deux hommes passent sous le pont Sully et poursuivent leur pérégrination en direction de la gare d'Austerlitz. Le quai est envahi de massifs floraux et de sculptures. Demba ralentit ses pas puis s'immobilise. Il fait signe à Mathieu d'écouter ce que ce dernier n'a pas même perçu. Au détour d'un immense buisson, tout au bord de la Seine, ils sont là par dizaines : des danseurs de tango. Là, le bandonéon ne résonne pas dans la ville, il l'envahit. Des dizaines de couples s'affrontent et s'évitent comme des autotamponneuses attentionnées. Pas de chocs, juste des effleurements. Demba avance vers l'immense assemblée dansante, esquissant un pas de danse à la plus grande stupéfaction de Mathieu. Des dizaines de couples jeunes ou très âgés se déploient, se lâchent, amalgament leurs corps. Demba est subjugué, fasciné par eux. Mathieu aussi.

Dansent devant eux, gracieux, virils et vifs, deux hommes dont les pas s'enchevêtrent, dont les mains s'enchevêtrent, dont les corps s'épousent. Parmi cette foule compacte, d'autres couples d'hommes dansent le tango sans que personne en semble surpris. Le tango se danse aussi entre hommes, entre frères surtout. Devant Mathieu, Demba esquisse à nouveau quelques pas puis s'approche de lui. Comme les tentacules d'une pieuvre se déploient pour capturer une proie, jambes, bras et regards de Demba s'agrippent à Mathieu. Ce dernier sursaute, embarrassé mais séduit, sidéré surtout. Comment le jeune homme du Mali peut-il connaître si bien le tango ? Demba conduit Mathieu parmi les danseurs. Il explique sa découverte du tango au Bourget sans en dire davantage. Il montre à Mathieu comment faire glisser langoureusement un pas sur le sol comme si les pieds le caressaient. Des dizaines de couples s'effleurent bouches closes, sérieusement, consciencieusement. Le bandonéon dirige leurs pas. Demba et

Mathieu sont bousculés par un duo en lévitation. Les deux garçons titubent mais ne tombent pas. Ils se seraient affalés, grotesques, si leurs mains n'étaient à ce point jointes.

Passages piétons

Chaque fois un peu plus longtemps. Chaque mois, un peu plus de fois. Mathieu et Demba sont dans la nécessité de l'autre. Demba a besoin de s'échapper. Mathieu a besoin de la vie de Demba pour retrouver le sens de la sienne. Équilibristes, ils avancent sur un même fil, celui qui permet de se tenir au-dessus du vide en fréquentant le beau, le mystérieux et l'irréel. Mathieu redécouvre, partage et transmet. Demba découvre, partage et transmet. Pour Saint-Exupéry, aimer, c'est regarder ensemble dans la même direction. Devant un tableau, une sculpture, un lieu fort, un bel arbre, c'est ce qu'ils font.

Ils regardent la même chose même s'ils ne voient pas la même chose. Le savoir de l'un, la virginité de l'autre, l'usure de l'un, l'enthousiasme de l'autre, la moitié de la vie déjà vécue de l'un, le quart de la vie de l'autre vécu seulement, les deux hommes se prolongent.

Ils marchent sur les quais de la rive gauche en

direction de l'École des Beaux-Arts. Une exposition y est organisée, consacrée au travail des étudiants. « Picasso n'a pas quinze ans lorsqu'il entre à celle de Barcelone. Les études étaient très académiques. Il excelle dans le style académique mais celui-ci ne lui convient pas. Quand il arrive à Paris, il n'a pas même essayé d'entrer aux Beaux-Arts. Il n'en a pas eu besoin. Son observation, son absorption du travail des autres, son imaginaire, son insatiable curiosité ont été son école », raconte Mathieu.

Devant des bouquinistes, sous les peupliers, les deux hommes s'arrêtent juste en face de l'École. Ils s'apprêtent à traverser la rue composée de trois voies et d'une piste cyclable. Ni voitures ni vélos au moment où Mathieu décide de traverser. Lorsque ce dernier s'engage, son bras est retenu par Demba, l'obligeant à remonter sur le trottoir. Alors que rien ni personne ne les empêche de rejoindre l'École par le plus court chemin, Demba retient fermement Mathieu et lui indique que le passage pour les piétons se trouve à quelques mètres. Il précise avec une surprenante intransigeance que c'est là qu'il faut traverser, seulement là, là où c'est autorisé. Là où c'est protégé.

Depuis toujours Mathieu slalome au gré de ses envies et de la circulation. Un passage pour piétons, un feu de circulation n'ont jamais été pour lui des contraintes ou des obligations mais un gymkhana dans lequel il est croustillant de louvoyer. Dans Paris, Mathieu s'invente des chemins dont les petits cailloux sont ses humeurs. Il n'y a ni feux ni passages piétons mais uniquement son amusement à déjouer les dangers de la circulation. Alors que les chemins à prendre ont été imaginés pour protéger les piétons, Mathieu ne les emprunte pas. Il préfère sa liberté, même si celle-ci induit une part de risque.

Dès que Demba a quitté son village, il a cherché son chemin. Chaque pas fut une peur. Des pas en avant, des pas pour rien, des pas de côté, des pas en arrière, encore des pas pour rien, des pas tremblants, hésitants, des pas épuisés, des pas titubants et, parfois, plus la force des pas et dormir n'importe où. Pas après pas, Demba a avancé chaotiquement, s'enlisant dans le désordre, laissé libre, si libre, trop libre d'avancer sans savoir vraiment par où.

Dès son arrivée à Paris, Demba s'est mis aux ordres des feux tricolores et des passages piétons. Alors qu'il a marché des mois sur les chemins anarchiques, aléatoires, non balisés et périlleux de l'errance, Paris lui dit où marcher, quand marcher, quand avancer, quand s'arrêter. Ces feux le rassurent. Ils le protègent. Feux et passages piétons lui donnent l'impression d'être invincible. Alors que son périple de survie ne fut que zigzages périlleux, Demba apprécie ces passages droits et brefs dont l'objectif visible, simple et réalisable est l'autre côté de la rue. Lorsqu'il emprunte un passage piétons, Demba vit sa vie sans avoir peur de la perdre. Il se sent en paix. Un seul chemin sans aucun risque pour arriver à une destination voulue change de tous ces chemins pris au hasard, davantage composés de terre, de montagnes, de souffrances et de mort que d'asphalte plat et réconfortant. Les bandes blanches des passages piétons composent pour lui un drapeau planté dans un sol solide qui ne peut se dérober sous ses pas. Le passage piétons est un étendard qu'il tient dans ses mains et qui lui prouve qu'il a gagné une victoire : passer des sables mouvants, des chausse-trapes, des chemins qui s'enlisent à un monde dont les règles sont la colonne vertébrale. Pour Demba, ces feux et passages piétons sont aussi exotiques. Il n'y en a pas dans de ce qui fut chez lui. Ils symbolisent un monde organisé, ordonné. Demba ne comprend pas que Mathieu ignore les feux de circulation, qu'il méprise les passages piétons. Il le conduit donc au feu et au passage piétons les plus proches.

Les bandes franchies, les voici sur le trottoir qui conduit à l'École des Beaux-Arts. Demba est plutôt content de son ferme rappel à l'ordre. Lui venu du sable rappelle à l'homme du bitume les règles qu'il a adoptées et que l'homme de la ville a oubliées. Avec sa voix douce dont le roulement léger des *r* disparaît chaque jour un peu plus, Demba précise à Mathieu que lorsqu'il part découvrir Paris, il enchaîne avec gourmandise les passages piétons comme on mange des religieuses au café. Il adore.

Demba et Mathieu pénètrent dans le dédale labyrinthique des bâtiments hétéroclites de l'école. Ils déambulent à travers des bâtiments en béton créés par Auguste Perret dans les années 50, une immense chapelle du XVIIe siècle, un cloître qui ressemble à un vrai. Ils passent devant des façades en trompe-l'œil, entrent dans d'innombrables ateliers afin de découvrir le travail des élèves. Demba est autant intéressé par les créations des étudiants que par les moyens dont ils disposent. Les ateliers regorgent de tables de travail, de pots de peinture, de meules en matières diverses, de sacs d'argile et d'un nombre incroyable de crayons de couleur. Un jour au Mali, Demba a reçu une seule et unique fois un crayon. Il l'a usé jusqu'à ce qu'il n'ait plus rien à tenir dans la main. Ensuite, il a volé quelques crayons pour survivre. Non pas pour les revendre mais pour se confier à des petits bouts de papier. Au Mali, Demba a dessiné mais personne n'a jamais vu ses dessins. Les derniers gisent sous le sable libyen.

Demba goûte chaque œuvre. Rien ne le déstabilise car rien n'est dangereux. Dans chaque atelier, Demba et Mathieu sont transportés, emportés, émerveillés, amusés, interloqués. Une œuvre où s'entrecroisent dessins et mots les questionne. Un lit recouvert de centaines d'autocollants les étonne. Une installation sonore nécessite de se placer sous des enceintes, Demba et Mathieu s'allongent sur le sol. Des sculptures faussement antiques sont exposées dans le « cloître ». Elles sont amputées. Elles rappellent à Mathieu ses voyages en Grèce avec sa femme et son fils. Elles rappellent à Demba qu'il a croisé des hommes qui ressemblent à ces statues.

Mathieu aime la diversité du travail des étudiants, leur talent, leur liberté. Devant le talent, comme devant les arbres, il s'incline.

À chaque fois qu'il se rend aux Beaux-Arts, Mathieu va saluer les vieux arbres qui étaient là bien avant que l'École ne s'y installe. Il leur rend visite comme on rend visite aux anciens. Comme pour Demba et les baobabs, les arbres sont aussi pour Mathieu des refuges, des camarades. Il aime caresser leur écorce. Parfois, il déploie ses bras autour d'eux et leurs énergies s'embrassent. Mathieu présente à Demba le plus vieil arbre, un immense platane dont la hauteur rend humble celle des plus hautes bâtisses de l'École. Demba et Mathieu l'enlacent. Ils approchent leurs oreilles du tronc. Ils l'écoutent. Ils savent que les arbres mur-

murent. Ils craquent, se plient, leurs branches se cassent, des fruits tombent. Demba a été élevé au pied des baobabs, Mathieu au pied d'un vieux cèdre dont les branches se déploient jusqu'au sol chez sa grand-mère maternelle, au bord de la Loire.

« Picasso a travaillé pendant dix-huit ans à quelques mètres de l'École. Sous les toits du 7 de la rue des Grands-Augustins. C'est dans son grenier qu'il a peint une des toiles les plus politiques et les plus gigantesques de son œuvre : *Guernica.* » Mathieu n'a pas fini son histoire que Demba propose de s'y rendre. L'immense porte de l'immeuble est close. Les volets du dernier étage où vivait et travaillait Picasso sont fermés. La rue somnole. Picasso n'est pas à la fenêtre. Demba est déçu. Il ne voit rien, ne ressent rien. Il est en face d'un toit agrémenté de quelques fenêtres sales. Il explique qu'il ne faut peut-être jamais aller là où naissent les rêves. Il ajoute qu'il ne faut peut-être jamais retourner là où les choses sont nées, là d'où l'on vient.

Les deux complices marchent à nouveau. Ils se rapprochent du passage piétons qui conduit au bord de la Seine. Ils attendent respectueusement que le feu devienne vert. Ils traversent. Mathieu est passé sous l'autorité de Demba.

Demba rentre au Bourget. Il ressort très vite de ce qui n'est pas chez lui, tourne à droite et chausse ses souliers vernis.

Mathieu traverse la Seine pour se rendre chez lui. Très vite il déguste un morceau de saint-nectaire, denrée presque aussi vitale que les tableaux, que Picasso. Il imagine la vie de Demba au Bourget. Un jour, il faudra qu'il lui rende visite.

À Montmartre

C'est au musée Picasso qu'ils adhèrent l'un à l'autre immédiatement. Là, Mathieu a découvert que Demba était un jeune homme gourmand, ouvert, grave et rieur, profond et puéril, seul mais sociable, en ancrage mais sans ancrage encore. Mathieu a remarqué que face à une œuvre, Demba ne se contente pas d'une impression fugace mais a besoin de connaître tout ce qui peut le rapprocher de celle-ci et de son auteur. Demba a besoin de comprendre, de savoir pour être libre, libre d'aimer, d'accepter ou de rejeter. Depuis toujours être libre est sa guerre. Pour Mathieu aussi. À l'École des Beaux-Arts, ils ont aimé être perturbés par les œuvres des élèves. Ils ont aimé s'interroger, être consternés ou s'égayer ensemble. L'un et l'autre n'aiment pas les conventions. Ils essaient de résister à ce que les autres veulent qu'ils soient.

Depuis leur rencontre, Mathieu tente d'extraire Demba de ses mauvaises passes, de ses déceptions, de ses désillusions. Le temps de chaque rencontre, il essaie d'alléger Demba du poids de son existence. Il s'allège aussi du poids de la sienne. Sa fonction d'homme qui fait rêver le fait oublier que lui ne rêve plus.

Mathieu place Demba sous perfusion d'histoires qui lui sont étrangères. Celles-ci sont pour Demba exotiques, exaltantes, distrayantes, nourrissantes : des pansements. Visites de musées, histoires d'œuvres, récits de la vie de créateurs sont des opérations d'embellissement qui permettent aux deux hommes de respirer leur existence plus facilement. Ils ont besoin de quitter la condition humaine, leur condition d'humains.

Mathieu souffre de vieillir. Il s'inquiète d'avancer dans son existence de plus en plus seul. Il est solitaire mais, paradoxalement, goûte peu la solitude. Demba souffre d'un passé douloureux qui dévore encore son être. Il souffre aussi de ne pouvoir envisager sérieusement l'avenir. Ensemble, ils souffrent moins.

Depuis quelque temps, Mathieu a de plus en plus besoin de connaître la terre de Demba, de comprendre d'où il vient. Jusqu'à présent, Mathieu n'a fait que partager son propre univers mais il ignore tellement celui de Demba. Dès qu'il s'agit de son passé, Demba se tait. Il fuit hier. Il veut demain.

Mathieu découvre qu'une exposition consacrée au travail d'artistes exilés est présentée dans un centre d'art à Montmartre. Un rendez-vous est fixé au métro Lamarck-Caulaincourt. Demba ne connaît pas Montmartre, Mathieu peu. Tous les deux sont vierges de la butte Montmartre. Lorsqu'ils se retrouvent, les deux hommes n'hésitent plus à s'embrasser cordialement. D'innombrables fois, ils se sont serré la main. La distance que deux bras tendus et deux mains serrées impose ne correspond plus à leur proximité.

Les deux hommes grimpent la colline de Montmartre. Les rues en pente sont pavées, bordées de maisons cachées derrière de hauts murs débordant de végétation. Les demeures sont coquettes sans être arrogantes. Ils aperçoivent au lointain le haut de la basilique. Mathieu la trouve laide, pâteuse et arrogante. Demba la voit belle, triomphante, accueillante. Leurs divergences ne les opposent jamais. Déambulant vif et gourmand dans les ruelles de Montmartre, Demba ne sait pas où il va. Cela ne l'effraie pas. Il aime être surpris. Il n'a jamais peur d'être déçu. Il n'est plus un être qui a peur. Tout l'enchante dès lors qu'il ne se sent pas en danger. Au Mali, il l'était. Il avait peur de son oncle, peur qu'on sache, peur de dire, peur de se défendre, peur que ça recommence, peur de rester au village, peur de partir. Respirer lui faisait peur car c'était vivre. Vivre, c'était souffrir. À Paris, ses craintes sont plus petites que ses peurs. Souvent contrôlé mais ayant enfin une carte de séjour, il n'est plus dans la peur d'être renvoyé chez lui.

Les peurs de Mathieu concernent l'avenir. Il a la certitude que celui-ci ne pourra être aussi dense, aussi surprenant, aussi joyeux, aussi nourrissant que son passé. Pourtant, la vie de Mathieu prouve le contraire. Hier, il ne connaissait pas Demba. À ses côtés, Mathieu considère ses propres peurs comme minimes. Demba les tasse. Demba ne se plaint jamais. Il n'a pas de chez-lui. Il n'a pas d'argent. Il est loin de sa mère et des baobabs. Il ne gémit pas. Jamais. Aux côtés de Demba, Mathieu n'ose pas se plaindre, considérant ses gémissements comme des caprices. Quand il est seul, ses peurs sont des brûlures qui le ravagent. Aux côtés de Demba, il ne flambe pas.

D'une place proche du haut de la butte, le nord de Paris se laisse contempler. Demba pointe Le Bourget où il dort sans plaisir. Mathieu désigne un mont éloigné, voilé par l'activité parisienne : le mont Valérien. Mathieu précise que c'est là que de Gaulle a décidé que soient célébrés les grands combats de l'histoire nationale. À la surprise de Mathieu, Demba connaît le nom du lieu. Il rappelle à Mathieu que des milliers d'Africains sont morts dans nombre de ces combats.

Les deux hommes arrivent sur une place où est érigé

un vaste hôtel particulier aux murs blancs. Un panneau précise qu'il s'agit d'une dépendance de la Cité des arts, institution située au bord de la Seine et qui accueille des artistes venus du monde entier. Pour Mathieu, l'exposition présentée est idéale pour se rapprocher du destin de Demba. Dès l'entrée, Mathieu se réjouit. D'une pièce se faufile une musique qui ne peut que déchirer le cœur de Demba, faire fondre en larmes son âme : celle de la kora. Demba ne manifeste pourtant aucune émotion particulière. Ses yeux s'attardent sur les vignes visibles à travers une immense fenêtre. Ces vignes parisiennes le comblent de joie.

Dans une première salle, sont exposés trois tableaux représentant des bouches sanguinolentes et muselées. Elles essaient de dire, de crier, mais elles sont menottées par des sparadraps ou cousues par du fil barbelé. Ces lèvres en deuil donnent envie à Mathieu de les déligoter, d'intervenir. Il entend les cris muets qui s'échappent des bouches d'individus condamnés au silence. Ces tableaux ont été peints par Deo Kandu, artiste ayant fui la République démocratique du Congo qui n'a de démocratique que le nom. Deo Kandu a quitté son pays comme l'a fait Demba. Ce dernier ne s'arrête pas devant ces bouches bâillonnées. Il poursuit la visite. Pourtant, il a été ces bouches-là. Mathieu entre dans une salle où sont collées du sol au plafond des feuilles, des dizaines de formulaires dactylographiés, d'avis rédhibitoires, de questionnaires ubuesques, de demandes officielles kafkaïennes et de tampons impitoyables. Les visiteurs sont écrasés, étouffés par l'installation comme l'administration sait le faire. Pas le bon formulaire, pas le formulaire bien rempli et c'est le rejet. Demba a connu. Il ne s'arrête pas non plus dans cette installation volontairement indigeste d'une jeune artiste yéménite : Ahlam Jarban. Demba n'a fait que traverser la pièce. Mathieu pensait découvrir l'exposition au plus près de Demba. Il la visite quasiment sans lui.

Dans une autre salle, un immense tableau représente un canot pneumatique naviguant vers le spectateur. L'embarcation déborde de réfugiés dont les yeux hagards et effrayés le visent. Des yeux qui ne demandent rien, ne voient rien, des yeux qui ne servent à rien. Le tableau de Yancouba Badji s'appelle *Partir*. Yancouba, lui, a renoncé au voyage en Libye juste devant la mer. La peinture est devenue sa nouvelle terre.

Avant d'arriver devant le tableau qu'il connaît déjà, Mathieu a imaginé la réaction de Demba. Il a envisagé son ami débordé par l'émotion et a pensé, espéré peut-être, qu'il le consolerait. Consoler le console. Réconforter le réconforte lui aussi. Mathieu a imaginé Demba se reconnaître dans le canot, un être parmi tant d'autres, un homme perdu parmi des êtres perdus, terrifiés, écrasés par l'inconnu, tétanisés par la mer. Mathieu a imaginé que Demba comprendrait qu'être dans cette exposition, devant ce tableau-là, serait une preuve de son amitié et que Demba l'apprécierait. Mathieu anticipe toujours tout. Il est donc souvent déçu. Demba vient de passer devant le tableau, vite. L'a-t-il seulement vu ? Mathieu entend le bruit du moteur, l'écrasant silence qui triomphe à bord, le choc des vagues crachées par le bateau qui fend comme il peut la mer de Yancouba Badji. Demba écoute les oiseaux qui batifolent au-dessus de la vigne montmartroise. Il écoute les musiciens folkloriques qui tentent d'allécher des touristes joviaux. Demba regarde les toits gris de Paris. Il n'a pas vu la mer.

Depuis que les deux hommes visitent les salles, Demba n'exprime rien, comme s'il avait perdu l'usage de la parole, comme s'il était redevenu comme avant, au Mali, un être enfermé, verrouillé, indifférent au monde extérieur. Il est ressorti de la bâtisse montmartroise. Il attend Mathieu, soulagé de ne plus être dans sa vie d'avant. Il a perdu son sourire. Mathieu sort, débordant d'émotions. Il espère écouter enfin les commentaires de Demba sur l'exposition. De sa voix ronde et douce, celui-ci lui rappelle sa mission. Mathieu a rompu un pacte. Il devait lui créer des souvenirs qui lui permettraient de ne pas avoir que des souvenirs gris. La maison de Montmartre a réveillé les cauchemars de Demba alors qu'il souhaite les engloutir. Il demande à Mathieu de continuer de le faire rêver, encore et encore. Mathieu s'est trompé. Demba ne lui en veut pas. Il reprend son sourire aux cinquante mille dents. Les deux hommes se dirigent vers la basilique, le grand gâteau qui surplombe Paris. Mathieu connaît le passé de Demba, peu son présent, son quotidien, sa réalité. Le conteur devient de plus en plus un homme frustré. Pour connaître davantage Demba, il va devoir biaiser.

Chez Rodin

Un dimanche. Le dimanche, les solitudes sont plus lourdes à porter que les autres jours. Le dimanche, pour ceux qui ne vivent qu'avec eux-mêmes et pour qui eux-mêmes n'est pas assez, les heures s'étirent chaotiquement, laborieusement. La télé allumée pour combler le silence, la météo écoutée en boucle pour que quelque chose bouge, parce que les nuages bougent, les devantures de boutiques léchées jusqu'à l'usure, s'asseoir sur un banc avec l'espoir que quelqu'un d'autre s'asseye, tout, rien prend de l'épaisseur et du poids pour tenter d'étouffer l'ennui. Les solitudes dominicales pèsent d'autant plus qu'elles croisent familles et couples qui déambulent crânement, exhibant leur bonheur en une joie exaspérante. Lorsque Demba et Mathieu sont ensemble, ils perforent leurs solitudes. Ils les crèvent comme on perce un ballon. Les solitudes des deux hommes ne sont pas semblables. Mathieu est seul à force de s'être éloigné de tous et de tout. Demba se sent seul, loin de sa langue, de sa terre. Ce dimanche, Mathieu et Demba vont fondre leurs solitudes.

Les deux hommes échangent de plus en plus mais ce n'est pas si simple. Mathieu vient d'un monde bourgeois mais peu conventionnel où débattre fait partie de l'existence, où connaître la force des mots permet d'exister. Partager, discuter, argumenter, jouter, écouter, se confier, les mots, les phrases, les dialogues enflammés, les soliloques narcissiques, Mathieu connaît ses gammes, Demba pas. Mathieu vient du monde des mots, Demba de celui des non-dits. Le jeune homme est né dans un village où les discussions se contentent d'évoquer le temps qu'il a fait, celui qu'il fait et celui qu'il fera. L'oncle de Demba n'a cessé de lui dire qu'« il faut se confier à Dieu mais pas aux hommes ». Rappel astucieux et incessant pour que Demba ne raconte rien. Depuis son adolescence maudite, le silence asphyxie, neutralise Demba. Il est une prison dans laquelle il a longuement croupi. En apparence, le jeune homme est calme. En réalité, il est une cocotte-minute dans laquelle sont enfermées des souffrances explosives. Depuis qu'il parle à Mathieu, la cocotte-minute laisse échapper un peu de sa pression.

Demba et Mathieu se parlent davantage dans les musées qu'ailleurs. Le murmure des autres visiteurs les enveloppe, les apaise. Dans un musée, Demba a moins peur de parler, de se livrer. Les murs n'ont pas d'oreilles.

Ils supportent des tableaux. Une œuvre s'écoute mais n'écoute pas. Dans un musée, Demba se sent libre. Mathieu aussi, débarrassé de toutes les contraintes, de toutes les angoisses qui encrassent son quotidien. Dans un musée, les deux amis se laissent aller.

Ce dimanche, quelque chose change. Demba entame une mue. Son plaisir de se rendre au musée commence devant son placard au Bourget. Le meuble bancal en ferraille devient une caverne d'Ali Baba dans laquelle il pioche les trésors qui vont le parer. Dans sa vie quotidienne, Demba est invisible. Aller au musée lui rappelle qu'il peut être regardé, qu'il peut plaire. Il veut charmer et étonner Mathieu. Il se fait beau pour honorer le beau. Il se met en parade. Il fait le paon. Il affiche sa joie. Il revêt des vêtements de couleur alors qu'il porte toujours des vêtements ternes qui le banalisent, le cachent. Demba fait son carnaval. Il ne peut faire autrement pour être moins remarqué. Demba n'est plus anxieux de l'être.

Avant de se rendre au musée, Mathieu potasse comme il le faisait étudiant. Demba lui permet de revivre les années où la vie n'était pas encore un parcours du combattant. Alors que la vie courbe les deux hommes, l'art les redresse. L'art les répare. Les œuvres les questionnent. Elles les hissent vers eux-mêmes tandis que leurs vies les compriment. Pour Mathieu, conteur facétieux et lyrique, Demba est un public avec lequel il aime jouer. Mathieu apprécie les réactions inattendues de son camarade, ses questions déstabilisantes, ses impressions déroutantes. Demba désengonce le savoir de Mathieu qui n'aime rien d'autre que d'être fertilisé par d'autres cultures, d'autres regards.

Demba est dans le métro, Mathieu sur son vélo. Ce dernier est sobrement habillé, classiquement : un pantalon marron, une chemise beige, une veste crème. Mathieu n'a pas choisi par hasard le musée Rodin. Il aimerait que le hasard désorganise davantage sa vie mais il a peur du vide. Il remplit sa vie d'agitation, d'activités sans importance. Le hasard parvient rarement à se faufiler entre les mailles tissées serrées de son existence. La rencontre avec Demba relève de ces accidents merveilleux dont l'altitude de l'exaltation réside en sa rareté, dont la beauté tire sa force de l'inattendu. Mathieu voit dans les sculptures de Rodin des hommes et des femmes qui tricotent leur destin, qui avancent dans leur vie comme ils peuvent. Pour Mathieu, Rodin est l'homme qui raconte la condition humaine, la sienne, et surtout celle de Demba.

Les deux hommes entrent, enjoués, dans le parc du musée. Dans les allées, sous les tilleuls et les marronniers, au détour de massifs en fleurs, de haies bien taillées, partout des sculptures de Rodin. Demba s'empare de tout, de la pièce d'eau ronde qui prolonge une vaste pelouse, des allées sans fin, des œuvres qui surgissent des buissons. Désignant « le château » épicentre du domaine, Mathieu explique que Rodin n'a pas connu son musée bien qu'il l'ait voulu ardemment. Le musée est né en 1919, deux ans après sa mort.

Afin d'émouvoir Demba, Mathieu essaie de trouver des liens entre son ami et les œuvres ou les artistes qu'il lui fait découvrir. Dans le cas de Rodin, il ne manque pas de rappeler que le créateur est un affranchi qui s'est émancipé d'un milieu social pauvre qui n'aurait pas dû le conduire à l'art. Bien que Rodin n'eût pas été accepté à l'École nationale des Beaux-Arts, il persévéra et continua à pratiquer son art avec obstination en défiant les codes de son époque. Toute sa vie, il lutta pour s'imposer. Demba aussi quitta le morne destin qui aurait dû l'éteindre. Demba apprécie déjà Rodin.

Les comparses flânent dans le parc. Leurs pensées déambulent. Elles s'égarent dans les massifs de rhododendrons. Ils marchent vers *Le Penseur.* Du haut de son immense socle, la sculpture domine une grande partie des jardins. Les deux hommes tournent plusieurs fois autour de l'œuvre. Dès leur première visite au musée Picasso, Demba a observé Mathieu tourner autour de certaines sculptures. Il l'a vu s'en approcher, reculer, s'approcher à nouveau. Devant *Le Penseur*, Demba fait de même, puis il se fige. Il le fixe pour essayer de le comprendre. Malgré la force physique du *Penseur*, de ses immenses pieds en adhésion avec la terre, Demba voit devant lui un homme fragile qui doute. Il se voit. Immédiatement *Le Penseur* devient un frère plus proche de lui que les siens.

Mathieu décide de surprendre Demba. Il lui annonce que le plus grand sculpteur du monde n'a jamais sculpté. Pour une photo, Rodin a posé, une fois, une seule fois, un burin à la main, faisant croire qu'il sculptait la pierre. Il dessinait, il malaxait l'argile, mais n'a jamais travaillé la pierre. Demba imaginait Rodin utiliser pendant des jours, inlassablement, ses burins pour faire naître de la pierre corps et visages. Rodin faisait travailler la pierre par d'autres.

Les deux visiteurs entrent dans le « château ». Au rez-de-chaussée, ils s'arrêtent devant un homme en bronze, gigantesque, irréel. Sans tête et sans bras, il marche. Rodin a décidé de se passer de visage. L'homme marche. Seules ses jambes puissantes comptent. L'homme n'est pas complet et peu importe. Mathieu : « Rodin aimait les sculptures antiques cassées, défaillantes, incomplètes, si humaines. » Demba se souvient alors des sculptures estropiées vues à l'École des Beaux-Arts des mois plus tôt. Il est saisi par cette silhouette qui avance, déterminée, aimantée par l'inconnu. Il rappelle à Mathieu qu'il a été ces jambes, qu'il n'a été que des jambes, qu'il a été un homme qui marche, qui a marché, marché, marché encore sans savoir où il allait, l'essentiel étant d'avancer. Il ajoute qu'en marchant, il ne pensait pas, il ne rêvait pas. Il n'espérait qu'une seule chose : que ses jambes ne lâchent pas. Pour la deuxième fois en quelques minutes, Demba se reconnaît dans une sculpture de Rodin. Mathieu le pressentait, l'espérait. Il est comblé. Pour une fois, se passe ce qu'il avait envisagé, ce qu'il avait souhaité.

Mathieu et Demba serpentent dans une autre salle. Demba semble chercher quelque chose. Son regard scrute la salle mais ne se fixe sur rien. Les deux hommes s'attardent sur la sculpture d'une très vieille femme nue, les muscles effondrés, le corps en agonie. Elle s'accroche à un rocher pour ne pas être dévorée par la mort. Mathieu : « Rodin et Picasso avaient quarante ans de différence. Quand Picasso arrive à Paris en 1900, il a dix-neuf ans, Rodin soixante. S'ils ne se sont jamais rencontrés, l'ogre Picasso, dévoreur de tout, a certainement vu dans une revue la reproduction de la sculpture de la vieille femme. Mathieu trouve incroyable que Picasso ait réalisé en 1903, à l'âge de vingt-deux ans, le portrait d'un vieux guitariste qui s'accroche à sa guitare comme la vieille femme de Rodin à son rocher. Plutôt que de se confier à Demba sur le sujet qui le tétanise obsessionnellement, le vieillissement, Mathieu a préféré placer Demba devant le sujet. Il se demande depuis longtemps comment il vieillira. Demba ne se le demande pas. Attiré par une autre salle, il s'y rend, entraînant Mathieu dans son enthousiasme.

Dans cette nouvelle salle élégante, quelque chose va changer. Quelque chose est en train de changer. Le parquet ciré de la salle où les deux hommes se trouvent devient une scène de théâtre où les acteurs vont échanger leurs costumes. Rue de Varenne, Demba s'apprête à faire un numéro. Mathieu est pour la première fois spectateur. Demba, peu habitué à parler en public, encore moins à transmettre son savoir, reprend son souffle. Il commence alors la représentation, sa représentation. Il est dans la salle où il voulait être. Il est particulièrement heureux, immobile devant une sculpture représentant deux mains : la sculpture devant laquelle il voulait être. Demba observe ébloui les deux mains sculptées qui se dressent vers le ciel et se touchent du bout des doigts. Elles sont toutes seules. Pas de bras, pas de corps, personne au bout de ces deux mains qui jaillissent de leur socle. Demba est fasciné. Pas Mathieu. Demba s'amuse à rassembler ses mains comme celles de la sculpture. Mathieu trouve que ces deux mains ne racontent rien, ne cachent rien. Elles ne sont que ce que l'on voit. Elles ne conduisent pas ailleurs. Plus Mathieu explique son indifférence face à ces dix doigts sans intérêt, plus Demba sourit, plus il exulte allègrement. Il est fébrile. Il invite Mathieu à bien observer les deux mains apparemment si banales. Il est étonné que Mathieu ne remarque rien. Il va pouvoir lui apprendre quelque chose, enfin. Comme le fait Mathieu à chaque fois avant leurs rendez-vous, Demba a travaillé ses dossiers. Il a laissé croire à Mathieu qu'il ne savait rien de Rodin afin de mieux le surprendre là où il espérait le faire : devant les deux mains.

À chacun de leurs rendez-vous, Demba est l'homme qui écoute l'homme qui sait, mais cette position lui rappelle à chaque fois qu'il est l'homme qui ne sait pas. Demba veut aussi être l'homme qui sait. Il a parfaitement compris que les deux mains qui semblent si naturellement s'épouser n'appartiennent pas à la même personne. Elles ne peuvent pas. Ce sont deux mains droites qui ne peuvent pas s'emboîter. Seuls leurs doigts se rencontrent au-dessus d'un grand vide. Demba explique, faussement crâneur, réellement radieux : « Rodin a toujours été fasciné par le vide. Fou d'architecture, il admirait les cathédrales gothiques dont les immenses voûtes se rejoignent au-dessus d'un vide sidéral. » Demba aime le mot. Il le répète. Il précise que l'œuvre représente bien plus que deux mains dont les bouts des doigts se touchent. Elles forment une voûte, comme celles des cathédrales. Mathieu est admiratif et ému. Demba ne peut plus s'arrêter : « Rodin était préoccupé par le socle des sculptures. Il voulait que celles-ci surgissent du sol, que le socle soit le prolongement de celui-ci. Dans une cathédrale, Rodin était subjugué par l'impression que les colonnes sortaient de terre, comme venues de ses entrailles. » Mathieu n'en revient pas. Demba est devenu guide. Il avoue qu'il triche, qu'il a appris par cœur les mots qu'il vient de prononcer. Il avoue avoir fait du deux en un comme les shampoings. Il a travaillé Rodin tout en perfectionnant sa maîtrise du français. Mathieu lève sa main droite face à Demba qui fait de même. Leurs deux mains droites deviennent la clef de voûte de la cathédrale faite de leur chair fusionnante. Mathieu est fier de son camarade, heureux qu'il ait osé bousculer la hiérarchie un brin paternaliste qui s'était installée entre eux. Il savait Demba incroyablement curieux, doté d'une ample capacité d'écoute et d'une mémoire impressionnante. Il le découvre conteur, acteur, hâbleur, esbroufeur comme Mathieu peut si bien l'être.

Les deux hommes continuent leur visite. Rodin a agrandi leur intimité. Il concurrence Picasso. Cocteau, dont Mathieu possède tous les livres, citait souvent Pierre Reverdy : « Il n'y a pas d'amour, il n'y a que des preuves d'amour. » Par sa volonté d'émouvoir, d'étonner Mathieu sur son propre terrain, Demba vient de le lui prouver.

Les deux amis sont à nouveau dans l'immense parc. Mathieu ne peut s'empêcher de revenir à l'admiration qu'il voue aux deux ogres. Rodin et Picasso ont osé inventer des corps. Ils n'ont pas représenté les humains tels qu'ils sont mais tels qu'ils les imaginaient. Les deux maîtres se sont autorisés à défier la réalité, ce que Mathieu apprécie chez les créateurs. Il regrette ne pas en être un.

Demba et Mathieu se dirigent vers la grande porte du musée. Ensuite la « vraie » vie, les contraintes, les autres, les ennuis, les jours qui s'additionnent et se ressemblent. Pour résister à la houle du monde, Demba s'épanouit dans l'univers artistique. Il s'est réfugié en Europe. Il se réfugie aussi dans l'art, comme Mathieu. Chaque rencontre avec Demba enchante Mathieu et creuse en lui un manque. Plus Mathieu voit Demba, plus Demba lui manque. Lui manque ce que Demba ne veut pas partager.

Le jeune homme et la mort

Il y a un mort dans le salon de Mathieu. Un jeune homme gît, la tempe droite perforée. Le jeune homme a tiré. La balle est peut-être encore là, logée dans son crâne, chaude. Le suicidé est bien coiffé. La flamme d'une bougie posée près de lui explose de vie. Elle lèche son visage comme si elle pensait pouvoir le ramener sur terre. Le jeune homme ne s'est pas offert la mort dans le salon de Mathieu. Son portrait est accroché au-dessus d'une commode.

Dans le placard de sa chambre du Bourget, Demba a scotché le même portrait du jeune homme, celui d'un ami de Picasso, mort en 1901. Carlos Casagemas a décidé de quitter sa vie alors qu'il avait vingt-et-un ans, asphyxié par un dépit amoureux, enfoncé dans ses enfers par l'alcool. Le seul moyen de se désenchaîner de ses douleurs fut la mort. Picasso a vingt ans lorsqu'il peint le visage de son ami dont il a emprunté la petite amie. Il ose peindre avec amour l'ami qu'il a trahi. Demba et

Mathieu découvrirent l'histoire de l'œuvre dans la boutique du musée Picasso, peu après avoir vu le tableau.

Au musée Picasso, Demba et Mathieu furent d'abord happés par l'angélisme du jeune homme. Ils crurent voir un garçon dormir paisiblement. Ils furent saisis par un même effroi lorsqu'ils découvrirent la petite plaie fatale. À la boutique du musée Picasso, avant de se rendre à la caisse, les deux amis passèrent aux confessions. Chacun s'exprima sur un sujet intime, secret et tabou : le suicide. Pour Demba, l'acte est inimaginable, absolument interdit par sa religion. Jeune adolescent, il espéra pourtant que la mort le fauche afin de le libérer de son calvaire malien. Mathieu n'envisagea jamais de se suicider mais il espère avoir la force de le faire quand il ne lui restera plus qu'à vivre de sa vieillesse. Demba confia ne pas avoir peur de la mort en raison de ce qu'il y a après. Pour Mathieu, après, il n'y a rien. Un rien abyssal, vertigineux, qui peut arriver à lui faire perdre le sens de la vie. Entre gadgets et reproductions made in Picasso, Demba et Mathieu partagèrent leurs croyances ou leur absence de croyance. Pour Demba, Allah s'occupe de tout. Pour Mathieu, Dieu ne s'occupe de rien, ne doit s'occuper de rien. Pour Demba, croire n'a rien à voir avec voir. Mathieu ne croit qu'en ce qu'il voit, et encore.

Touchés par la beauté sereine mais verdâtre du visage

du jeune homme mort, par la chaleur rougeoyante, vivante, de la bougie, par la proximité entre la vie et la mort, les deux amis quittèrent la boutique avec la même reproduction. Ensuite, ils accrochèrent Carlos dans leur quotidien, pleurant ensemble ce que chacun y voyait : pour Mathieu une jeunesse défunte, pour Demba la mort à laquelle il a plusieurs fois échappé, contrairement à de nombreux frères d'exil tombés sur le champ de l'errance.

Si Demba vient régulièrement chez Mathieu, ce dernier ne s'est jamais rendu au Bourget. Mathieu ne sait rien de ce que Demba appelle « chez lui », rêvant du jour où il en aura vraiment, enfin, un. Demba dit toujours qu'il rentre chez lui. Avoir un chez-soi, même misérable, même détesté, est plus supportable que de ne pas en avoir du tout. Demba a quitté le Mali, affronté l'Algérie, subi la Libye, traversé la Méditerranée, croupi en Italie, traversé la France pour avoir un chez-lui. Chez lui est un placard dans une chambre partagée avec d'autres. En toute une vie, Mathieu n'a changé de chez-lui qu'une seule fois. Chez lui, il y a tellement de placards que certains sont vides. Quand il les ouvre, parfois il se voit. Mathieu a toujours eu sa chambre. Demba jamais. Dans la chambre où il dort, il y a quatre lits collés les uns aux autres. De la vie de Demba au Bourget, Mathieu ignore presque tout. Il ne sait que ce que Demba veut bien lui dire. Demba dit peu. Depuis l'adolescence, il dit peu. C'est-à-dire rien. Dès que son oncle a commencé, il a cessé de parler. Depuis qu'il est arrivé à Paris, il dit sur la France, sur Picasso, mais sur lui, il dit peu. Pour Mathieu, c'est de moins en moins assez. Il ne parvient plus à se contenter des décors dans lesquels il love Demba. Sans connaître sa vie, il se sent amputé de lui. Demba et Mathieu partagent quasiment tout, sauf Le Bourget.

Mathieu se rend à la station Châtelet, là où Demba arrivera de la ligne 4. Il va bientôt être 17 h 15. À Montparnasse, Demba a quitté l'atelier où il a travaillé toute la journée jusqu'à 17 heures.

Dans la station de métro que Demba emprunte chaque jour, Mathieu se tapit derrière un distributeur de friandises industrielles. Il l'attend. La foule est dense. Les couloirs sont nombreux. Les Franciliens se croisent intensément, continuellement. Pour eux la vie est une répétition. Mathieu a imaginé, organisé la sienne pour qu'il n'y en ait pas. Sa vie de couple a été emportée par le partage du quotidien et les répétitions acides qui la gangrènent. Il a changé de métier dès qu'il s'est senti dans la répétition de ce qu'il a vécu. Il aime les commencements, pas les recommencements. Il n'y a qu'au théâtre qu'il aime les répétitions. Mathieu observe celles et ceux qui enchaînent rapidement les pas, enchaînent les jours, enchaînés à des vies davantage subies que choisies. Demba est là. Il attend la rame à quelques mètres de Mathieu. Il écoute de la musique. Il porte un jogging avec une capuche. Il regarde son téléphone. Il monte dans un wagon, Mathieu dans le même mais à l'autre bout. Il observe Demba dodeliner la tête. Il emprunte un peu de son intimité. Il ne se sent pas coupable de le suivre, porté par le profond intérêt qu'il éprouve. Il ne veut pas trouver ce que Demba lui cacherait. Il ne mène pas une enquête. Il souhaite seulement se rapprocher de lui. La rame arrive dans une station. La foule s'intensifie. Le train repart. Il avale un nouveau tunnel. Demba, passager parmi des milliers d'autres, leur ressemble. Mathieu n'a pas envie qu'il soit comme les autres, mais il le constate. Demba, le garçon unique, fréquenté dans des lieux rares lors d'occasions exceptionnelles, vit comme des milliers d'autres. Recroquevillé sur son fauteuil usé, la tête inclinée sur son portable, il descend un peu du piédestal sur lequel Mathieu l'a placé.

Encore un tunnel, puis la lumière. Le train a quitté Paris, il se rapproche du Bourget. Rabougri, ratatiné sur lui-même, Demba ne regarde pas par la fenêtre. Lorsque Mathieu rencontre Demba, il voit un jeune homme debout, le regard friand, la tête haute et le sourire large. Il rencontre un survivant, un battant, un vainqueur, un héros. Dans le train, l'auréole de son héros est un casque audio. Elle n'est pas à terre pour autant. Mathieu réalise que, même assis dans le métro, Demba mène encore des combats. Lorsqu'il a quitté son pays, comme Don Quichotte, Demba avait des moulins à vent plein la tête. Il était en quête d'une autre vie. Il marchait vers un idéal. À Paris, ses combats sont le quotidien. Les barres d'immeubles sinistres qui défilent derrière les vitres sales du métro ont remplacé les baobabs protecteurs. Les règles ont changé aussi. Au Mali, il les connaissait. En France, il les découvre. Il fait froid. Il n'a jamais eu froid. Les yeux bienveillants de sa mère lui prouvaient qu'il était aimable. À Paris, personne ne le regarde ou presque. Il y a bien Mathieu mais il est vraiment le seul à le considérer. Avant, Demba s'évadait en observant la savane aride. Aujourd'hui, il s'évade en regardant son portable.

Une seule chose a vraiment changé : son existence. Pendant des années, il n'a fait que la gérer, la fuir, se cacher. Aujourd'hui, il la gagne et il rêve. Son créateur de rêves devenu espion se tient assis, un peu chose, à quelques mètres de lui. Encore une station. Demba se rapproche du chez-lui qui ne sera jamais le sien. La rame du métro avance dans un pays qui n'est pas le sien. Tout est nouveau pour Demba. Tout est souvent hostile. À une station du Bourget, Mathieu demeure admiratif d'un Demba qui ne se plaint jamais. Mathieu se plaint de tout, tout le temps. Même quand il dort, il râle.

Mathieu observe les visages résignés, les regards absents, tombants, fatigués et lassés qui entourent

Demba. À l'arrivée au Bourget, voyageurs usés et paysages urbains délabrés sont mornes, éteints, sans fantaisie. Mathieu réalise que l'intérêt de Demba pour l'art est peut-être un moyen de s'extraire de sa vie, de la vivre autrement. L'art lui est nécessaire, un baume, un soulagement, un baobab. Grâce à l'art, Demba résiste au banal, au triste, à l'avilissement. De l'art, il prend sa force. Avec l'art, il vole bien au-dessus de son 1,82 mètre, bien au-dessus des plus hauts sommets du monde et des regards que le monde porte sur lui, quand le monde en porte. À sa table de travail dans l'atelier de marqueterie de paille, dans les innombrables salles d'attente des administrations, il est Demba comme celui qu'il est assis dans le métro. Devant un tableau, face à une sculpture, un dessin, une photo, il est debout. L'art lui permet de rester debout. Sur la ligne B du RER, son regard est baissé vers le sol râpé. Quand il attend dans un bureau, lorsqu'il attendait avec des centaines d'autres l'arrivée du canot, il avait la tête inclinée, honteux, comme s'il était puni. Devant un tableau, il regarde droit devant lui. Il voit loin, ailleurs, en lui.

Mathieu observe par la fenêtre défiler, indifférent, le paysage de la banlieue nord de Paris. Il ne s'attarde sur rien. Il est un train qui marque rarement l'arrêt. Seul l'art est son ancre. Là, il cesse d'être indifférent. Il cesse d'être un train qui avance parce qu'il le faut bien. Face à un tableau, l'homme qui ne fait que passer reste, s'immobilise, pense et rêve. Pour Mathieu comme pour Demba, l'art est un refuge et le musée, un lieu de paix. C'est en voyant Demba dans ce train banal, à peine distinguable des autres usagers, que Mathieu continue d'analyser la proximité de Demba avec l'art. Dans le train, personne ne se parle. Dans sa vie quotidienne, Demba se tait. Devant un tableau, il parle. Dans le train, dans la rue, au Bourget, partout, tout le temps, il est un réfugié. Devant une œuvre, il est Demba, simplement Demba, totalement Demba. Si Le Bourget ne sera jamais un ancrage, si la France ne l'est pas encore, si le Mali ne l'est plus, l'art et Mathieu sont les ancres qui permettront à Demba d'écrire sa nouvelle vie, de larguer les amarres de son passé.

Le train commence à freiner bruyamment. La capuche de Demba le cache, l'enferme, le sépare du reste du monde. Au musée, Demba l'ôte. Il se dévoile. Le RER·conduit directement Demba d'un point à un autre, du point dur où il travaille au point laid où il vit. Il subit les points, les lignes. Pas ceux des tableaux. Ceux-ci embellissent sa vie. Ils le grandissent. Ils le nourrissent. Ils le valorisent. Ils sont les miroirs de ce qu'il est. Ils reflètent ce qu'il ressent. Ils mettent en ébullition son intelligence. Ils embrasent sa fantaisie. Ils le révèlent. Le train continue de freiner de plus en plus bruyamment. La gare du Bourget n'est plus loin. Certains passagers se lèvent. Un bousculement général fait tanguer les voyageurs. Mathieu est extrêmement vigilant. Il ne veut pas perdre de vue Demba une seconde et encore moins que celui-ci le repère. Pour l'instant, Demba reste assis.

Le train arrive à la gare du Bourget. Mathieu n'analyse plus, ne réalise plus, n'échafaude plus. Il a peur, peur d'être repéré par Demba, peur de le trahir tout en sachant qu'il le fait. Il est le traître que Picasso a été pour son ami Carlos en lui volant sa petite amie. Mais il est décidé à suivre Demba jusqu'au centre d'hébergement. Il va bientôt savoir comment il vit. Dans quelques minutes, il verra Demba tel qu'il est et non comme il le rêve.

Mathieu se cache toujours à quelques mètres seulement de Demba. Son téléphone se met à sonner. C'est Demba. Oui, Demba, toujours assis dans le wagon, la tête courbée au-dessus des genoux, la capuche faisant office de cabine téléphonique. Au téléphone, Demba adresse un timide bonsoir à Mathieu. Sa voix est triste, à peine audible. Demba pleure. Mathieu ignorait que Demba puisse pleurer. Dans le wagon quasiment à l'arrêt, le jeune homme à la capuche ne semble pas pleurer. Les passagers qui s'entassent devant les portes le masquent de plus en plus. Demba continue de sangloter. Le jeune homme devant Mathieu s'agite mais il semble se trémousser en écoutant sa musique davantage qu'il ne s'effondre.

Mathieu demande à Demba où il se trouve, comme s'il ne le voyait pas. Le jeune homme dans le train ne répond pas. Demba explique qu'il vient de rentrer au

Bourget. Il marmonne qu'en arrivant devant le centre d'accueil, il a vu le gyrophare d'une ambulance. Demba parle par saccades comme s'il manquait d'air. Le jeune homme du wagon reste assis alors que le train est arrêté en gare du Bourget. Mathieu se rapproche des portes de la rame. Il continue d'écouter Demba qui lui dit être dans sa chambre, debout devant son placard ouvert, en face de la reproduction représentant Carlos. Demba répète en boucle la même chose : « Amadou a fait comme le jeune homme. Amadou est mort, décédé dans le sous-sol, là où se trouvent des machines à laver. Il s'est pendu, pendu, pendu. » Demba suffoque, abattu. « Chez nous, on ne fait pas ça. S'il l'a fait, sa souffrance devait être immense, et personne ne l'a vue et je ne l'ai pas vue. » Mathieu est effondré parce que Demba l'est. Il lui propose de le rejoindre immédiatement. Il est descendu du train. Il est à quelques centaines de mètres de Demba. Le jeune homme reste dans le train qui repart. Le jeune homme aurait pu être Demba. Mathieu a suivi une idée fixe mais pas Demba.

À la gare du Bourget, Mathieu n'abandonne pas son projet, bien au contraire. Il souhaite toujours découvrir la vie que mène Demba. Mais Demba pleure. Mais Demba souffre. Mais Demba n'a jamais voulu que Mathieu vienne au Bourget. Il le supplie même de ne pas venir, lui expliquant que cela ne servirait à rien. Mathieu continue obstinément de vouloir satisfaire son désir, sa curiosité. Il marche sur le boulevard sans fin. Chaque mètre parcouru le rapproche de Demba et de la trahison. Mathieu, intrépide, passe devant des immeubles qui se ressemblent, des arbres tristes, des hommes assis fumant le temps qui ne passe pas. Mathieu continue sa route, le téléphone vissé à l'oreille. Demba lui demande qu'il se tienne devant le portrait du jeune ami suicidé de Picasso afin qu'ils partagent ce moment-là, ensemble, comme ensemble, afin que sa tristesse ne repose pas que sur ses seules épaules. Demba a toujours tout affronté seul. Il espère qu'en regardant en même temps que Mathieu le portrait peint par Picasso sa peine et sa révolte seront divisées par deux.

Mathieu arrive devant l'immeuble gris, sale et délabré où vit Demba. Il voulait voir. Il voit. L'immeuble de Demba n'est pas Demba. Le crépi fripé de la façade fissurée du bâtiment n'est pas la peau lisse de Demba. Le quartier n'a pas d'âme. Demba en a une. Demba a une histoire façonnée par des paysages lointains vastes et secs. L'immeuble suintant d'en face n'est qu'un austère décor éphémère. Mathieu n'aurait pas dû défier la volonté de son camarade. Devant l'agitation de l'immeuble, face à l'ambulance dont on ouvre la porte arrière, il constate seulement, là et maintenant, son erreur, sa déloyauté, sa forfaiture. Il fait demi-tour, accroché aux sanglots de Demba qu'il continue d'écouter tout en faisant rapidement le chemin inverse. Les sanglots de Demba sont gris de tristesse et rouges de colère. Il dit être furieux de n'avoir rien vu venir. Mathieu court vers la gare comme s'il avait peur d'être rattrapé par Demba. Il tente de raisonner son ami dépité, de l'apaiser : « Tout le monde joue au fort dans le monde des survivants de l'exil, non ? Se confesser est preuve de fragilité. On ne peut pas être fragile quand il s'agit de survivre, non ? » Mathieu aperçoit la gare. Demba poursuit, toujours aussi dépité : « On ne se suicide pas en Afrique. En langue peule, le mot n'existe pas », dit Demba immobile devant le placard, à la fois tombe de Carlos et d'Amadou. Alors que tout le monde s'affaire, commente, hurle dans le centre d'accueil, Demba reste dans la chambre, accroché à son portable. Il est intrigué. Il entend des pas et questionne Mathieu : « Tu n'es pas chez toi ? » Mathieu dit qu'il rentre au plus vite et le rappellera dès qu'il sera chez lui, dans son salon, en face de Carlos, en face d'Amadou. Il raccroche.

Mathieu retourne à la gare du Bourget. Il avance vers son renoncement. Il reprend le train vers Paris. Il regarde le coin du wagon où Demba aurait pu être, où le jeune homme à la capuche fut. Il est seul dans le wagon. Il se sent seul. Demba se sent seul aussi. Ni l'un ni l'autre ne se sentent fiers. Mathieu d'avoir voulu espionner son ami, Demba de n'avoir pu aider Amadou.

Mathieu est rentré chez lui, essoufflé d'avoir couru autant pour se rapprocher du tableau qui console Demba que pour fuir la culpabilité d'avoir voulu l'espionner. Figé dans son salon devant la reproduction du tableau de Picasso, il rappelle Demba. Les deux hommes sont debout devant Carlos mort à vingt et un ans d'avoir refusé de continuer de souffrir du départ de sa petite amie, « empruntée » par Picasso.

Distants de onze kilomètres, Demba et Mathieu regardent ensemble et séparément le petit portrait de Picasso. Dans le tableau, une bougie éclaire le visage du jeune homme suicidé. Le tableau lui-même est comme une bougie allumée in memoriam. La flamme de la bougie peinte par Picasso scintille chaleureusement. Elle danse sans qu'aucune musique ne la conduise à se balancer. Dans le tableau, le silence imposé par la mort s'entend lourdement tant la bouche du jeune Carlos est close, vissée par celle-ci. Demba et Mathieu prolongent le silence du tableau. Ils se taisent. Ils s'inventent un petit rituel comme le font les gamins. Ils saluent Carlos, Amadou, l'ensemble de leurs disparus. Ils pensent à leurs morts, à la leur probablement. Par leur petit cérémonial, ils s'offrent un souvenir commun supplémentaire. Une nouvelle fois, ils partagent cette denrée rare qu'est le silence. Prient-ils et, s'ils prient, à quels dieux s'adressent-ils ? Mathieu est chrétien de formation mais pas de conviction. Pour Demba, Allah est grand mais pas toujours. Quant à Picasso, la culpabilité semble l'avoir ignoré. Sans aucune notion de péché, pas convaincu de l'existence de Dieu, Picasso a placé au-dessus de lui une seule force, un seul être supérieur : Picasso.

Demba et Mathieu sont en face de leurs morts, pas pour longtemps. Demba n'aime pas la tristesse. Elle peut l'emmurer très vite, l'empêcher d'avancer. Ni tristesse ni passé, Demba ne cultive rien depuis qu'il a cessé de cultiver sa terre au Mali. Pour avancer, il se déleste. Mathieu est souvent triste. Il cultive sa nostalgie. Elle l'occupe. Les choses à peine vécues, il les regrette déjà. Seul Demba est une joie qui parvient à restreindre sa tristesse et à éclipser un mort.

Comme il faut savoir tourner les pages et chasser autant que possible la tristesse, les deux hommes se séparent de Carlos. Ils soufflent sur le tableau pour l'éteindre, le faire disparaître de leurs yeux. Demba enlève la reproduction affichée dans son placard. Il la roule et referme la porte afin d'éviter que la tristesse ne s'en échappe. Mathieu décroche le poster de son salon. Lui aussi le roule et le range dans un tiroir où d'autres souvenirs noirs ont été chassés, exilés.

Demba et Mathieu conviennent de remplacer le tableau. Ils ne peuvent vivre sans un Picasso chez eux, sans avoir le même Picasso à portée d'yeux.

La nuque

Rose virulent ou rose stagnant, bleu viril ou bleu éteint, noir vif et gris endormi, les couleurs du tableau ne se heurtent pas. L'œuvre n'est ni rose ni bleue. Elle est les deux, les fiançailles harmonieuses des deux, un hymne aux deux. Gris et noir ne sont que les écrins, le piédestal, de ces deux couleurs qui enflamment avec douceur le tableau. Les bleus et les roses se frôlent tendrement, harmonieusement. Le tableau est doux à regarder. Tout s'embrasse. Rien n'est en guerre.

Au lointain, le rosé du soleil se pose sur des collines désertiques. Sur les collines plus proches, tout aussi dépouillées, un cheval blanc broute ce qu'il peut. Un enfant en tunique rouge, un chien gris, une femme en longue robe bleue vivent paisiblement en attendant de changer d'endroit. Tous sont des saltimbanques.

Au deuxième plan, une jeune acrobate au justaucorps bleu tient en équilibre précaire sur un grand ballon gris. Elle sourit pudiquement, s'excusant presque de ne pas bien tenir. Ses bras désarticulés mais gracieux ainsi que ses mains sont tendus vers le ciel. Ils servent de balancier.

Au premier plan, devant elle, un sportif colossal est assis de dos sur un cube sombre. L'athlète n'est composé que de muscles, de force, de puissance. Il se repose. Sa tête, légèrement de profil, laisse deviner des yeux sombres et absents. Le viril sportif ne regarde pas la jeune acrobate qui s'exerce devant lui. L'athlète pense comme *Le Penseur* de Rodin que Picasso admirait tant. S'il porte un short bleu, le sportif est essentiellement rose. De ses pieds à sa nuque tout est rose. Ses jambes d'une robustesse inouïe le sont. Un maillot de corps, rose aussi, épouse méticuleusement l'impressionnante musculature de son dos. De ce maillot rose naît la nuque du jeune homme, irréellement large et musclée. Cette nuque est ténébreuse, grise, tendue. Elle est inquiétante, surgissant de ce maillot au rose délicieusement acidulé. Les cheveux de l'athlète sont noirs comme son regard.

Mathieu et Demba observent le tableau depuis un bon moment déjà. Ils sont au musée d'Orsay pour une exposition exceptionnelle consacrée aux périodes bleue puis rose de Picasso. Mathieu explique à Demba que le tableau a été peint en 1905, période dominée par le rose, période heureuse, apaisée, dans la vie de Picasso qui a alors vingt-quatre ans. La période bleue précédente fut faite d'angoisses et de mauvais souvenirs, comme le suicide de son ami Casagemas en 1901.

Demba écoute sans dire un mot, sans détacher son regard du tableau. Il donne l'impression d'écouter. Mathieu croit que Demba l'écoute. Demba est ailleurs. Il est dans le tableau. Tableau et Demba sont accrochés l'un à l'autre. Demba ne quitte pas des yeux l'œuvre la moindre parcelle de seconde. Il écoute le vent chaud qui frôle les collines. Il entend le chien aboyer, la queue du cheval repousser une mouche. Il entend le rire de la jeune acrobate qui parvient mal à tenir sur son ballon. Il entend le ballon frotter le sol. Lorsqu'il regarde l'acrobate assis, il n'entend rien. Il n'entend plus rien. L'acrobate assis le saisit, l'hypnotise, le paralyse. Demba est sous l'emprise du tableau, plus précisément sous celle de l'acrobate. L'athlète prend possession de lui.

Lorsque Demba et Mathieu entrent dans un tableau, leur intimité prospère. Ils se trouvent dans le tableau appelé *Acrobate à la boule*. Mathieu explique que les collines peintes sont probablement inspirées par celles de l'Andalousie natale de Picasso. Il raconte que le monde des acrobates a fasciné le peintre dès qu'il s'est installé à Montmartre, une troupe travaillant quasiment sous ses fenêtres. Demba n'est plus avec Mathieu qui poursuit. Il explique que si tout semble en harmonie dans le tableau, c'est qu'à l'époque où Picasso l'a peint il était dans cet état-là. Il était amoureux de Fernande qui l'apaisait. Le tableau n'apaise pas Demba. Dans l'œuvre, c'est l'été. Tout le monde est dehors. Il fait chaud. Demba a chaud aussi, terriblement. Il transpire. Il tremble. Il ne cesse de regarder la nuque puissante et large de l'acrobate. Il ne voit plus le reste de la composition. Il est kidnappé par la nuque. Devant le tableau, il se raidit. Il devient sévère et rigide. Il tremble de plus en plus. Son regard ne parvient pas à quitter la nuque de l'acrobate. Mathieu continue son explication de l'œuvre, passionné par la douceur de celle-ci, par l'habileté de Picasso à unir en une même œuvre les bleus d'une période qui fut triste aux roses d'une période qui est heureuse. Mathieu partage sa fascination pour l'utilisation subtile de gammes de couleurs qui l'enchantent. Demba ne partage rien. Il ne voit que le gris dur de la nuque.

Mathieu ne perçoit dans le tableau que de l'insouciance. De l'athlète assis il ne voit qu'un homme au repos. La jeune acrobate sur la boule, le cheval blanc, l'enfant rouge, la femme en bleu, le chien qui erre, les collines rosées, rien n'est inquiétant pour Mathieu. Demba est effrayé. Les collines arides, le cheval isolé, l'enfant qui ne tient la main de personne, le chien dans son errance, tout l'oppresse, beaucoup moins que la nuque. Demba n'est plus dans le musée. Il ne sent pas l'odeur de cire du parquet de l'établissement. Il est envahi par celle des eucalyptus. Il n'y en a aucun dans le tableau mais il y en a quelques-uns près de son village natal.

Demba est ensorcelé par le dos de l'acrobate. Le sien lui fait soudainement mal, extrêmement mal. Demba gémit. Une douleur profonde accable sa nuque. Il la masse encore et encore. Aucun soulagement. Ses mains tentent de calmer cette souffrance soudaine et brutale, en vain. En massant sa nuque, Demba la réveille, l'enflamme. Demba se réveille. Il est en incendie. Alors que les pieds de l'acrobate sont puissamment posés sur le sol, Demba, lui, perd pied.

Mathieu n'entend pas le gémissement de Demba, ne perçoit pas sa disparition. Mathieu écoute le tableau. Il s'écoute parler. La nuque de l'acrobate devient celle de Demba. La nuque de Demba crie, atteinte d'un mal étrange échappé des enfers de son âme. Un tableau est un aide-mémoire. Il peut conduire à des nostalgies sucrées ou salées. Proust évoque la mémoire involontaire, celle qui s'impose à partir d'un petit quelque chose et libère un souvenir qui plonge la victime en nostalgie douce ou en calvaire, la privant de la jubilation de l'instant présent. Demba n'est plus dans aujourd'hui. Le moment présent est expulsé par le passé qui surgit comme un geyser bouillant.

Mathieu s'amuse intensément à contempler les deux saltimbanques. Il est avec eux. Il aimerait être eux, insouciant. Il ne regarde pas son camarade. Demba n'est définitivement plus avec Mathieu. Il s'enfonce dans un inexplicable désespoir. Il ferme les yeux pour contenir sa douleur comme si ses paupières fermées pouvaient la contenir. Demba ne parvient pas à rouvrir les yeux. Ils sont agrafés par le passé. Demba n'est plus dans aujourd'hui. Il est il y a longtemps.

Avant de commencer, l'homme commençait toujours comme ça. Il saisissait Demba violemment pas la nuque. De ses mains hideuses et puissantes, il comprimait les vertèbres de Demba comme s'il voulait le briser. En le tenant fermement par la nuque, il prenait possession de lui. La nuque maintenue dans sa main, la tête pliée vers le sol, le dos courbé, l'homme forçait Demba à le suivre jusqu'à la case maudite. Arrivé à la paillasse, l'homme lâchait sa nuque. Ce n'était pas la fin du drame mais son début. Pendant des années, la nuque saisie de Demba par son bourreau fut l'aube de son calvaire.

Devant le tableau de Picasso, Demba est en débâcle. Il vient d'être mordu par son passé. Mathieu est toujours à côté de son camarade mais l'oncle de Demba l'a chassé. Demba brûle. Mathieu ne voit pas les flammes. Dans le musée, elles consument Demba comme elles l'ont consumé, petit adolescent, pendant des années au Mali. Les terribles souvenirs que Demba croyait avoir éteints n'étaient que des braises assoupies. La nuque innocente de l'acrobate est un lance-flammes qui les exalte. Ses terribles souvenirs hibernaient, mis en partie à l'écart par les rêves fournis par Mathieu.

Pour survivre à son cauchemar, Demba a quitté son village à l'âge de vingt ans. Il a fui la douleur, la honte, le dénigrement de soi, le silence dans lequel il s'était ligoté. Pour échapper à l'existence même de son oncle, Demba est parti un matin tôt. Pas après pas, il a enfoncé dans la terre ses souvenirs macabres. Il a marché des mois, enterrant son passé. Croyait-il. À force de marcher, à force d'avoir peur, à force de n'être préoccupé que par la minute qui commence, par le jour à construire, par l'avenir à bâtir, Demba s'est délesté lentement de la tragédie qui gâchait sa vie. Nouveau climat, nouveau pays, nouvelle langue, nouveaux visages, nouvelles habitudes, nouveau métier, nouveaux amis, chaque chose nouvelle a tassé au plus profond de lui le drame qui le détruisait. Au fil des jours, au fil des mois, au fil des années, l'homme qui commençait et recommençait est devenu un spectre sans poids. Loin de la case où l'homme l'amenait, loin des baobabs auprès desquels il se réfugiait, loin des autres qui ignoraient tout de ce qu'il subissait ou feignaient de ne pas savoir. Le drame de Demba s'est éloigné de lui au point de disparaître mais un tel drame ne disparaît jamais définitivement. Il se cache, c'est tout.

Confronté à la nuque du jeune acrobate, Demba est devenu un ouragan empli de rage. Le monstre est encore en vie. Il vit probablement sereinement. Il jouit certainement paisiblement de son existence, sa victime étant partie. Il doit passer chaque jour devant la case, la trouvant même peut-être jolie. Il est peut-être un père de famille attentionné. Il est peut-être devenu un sage respecté. Il a même peut-être oublié ce qu'il a fait. Il est peut-être heureux, bonheur dont Demba fut privé. Tout revient. Tout remonte. Tout déborde. Le tableau vient non seulement de le transformer en volcan mais il lui donne un ordre : entrer en éruption, régler ce qui doit l'être, affronter le passé, affronter celui qui l'a conduit à fuir sa vie.

Le tableau libère la rage de Demba. Elle n'est plus enfermée en lui. Dans son sang coule désormais du magma. Demba a quitté sa terre à cause du monstre. Il a subi l'errance à cause du monstre. Il a eu froid et faim à cause de lui. Il avait enfoui tout cela jusqu'à oublier. L'oubli était sa façon de survivre. Sa rage devient sa raison de vivre.

Au musée d'Orsay, devant le tableau, à côté de Mathieu qui lui demande s'il apprécie la grâce de la jeune fille en bleu, s'il est impressionné par la force de l'athlète en rose, Demba débute sa période noire. Il prend une décision. Il la garde pour lui.

Les deux amis se rendent à la boutique du musée. Demba achète une reproduction de l'*Acrobate à la boule*. Il la roule précautionneusement. Il demande un tube protecteur en carton solide pour prévenir les chocs en cas de voyage.

Les collines de sable

Un bus jaune moribond fonce sur une piste noire fraîchement goudronnée. Autour, la terre est rouge poussiéreux. Le paysage est désertique. Le bus longe un fleuve étonnamment large. Des enfants s'aventurent à se baigner. Le bus crache son âge par un bruit de moteur toussotant. Un panneau rouillé indique que la ville de Yabouctou est à seize kilomètres. Son ombre est un royaume qui protège du soleil quelques vendeurs de fruits à l'unité, des femmes surchargées et des hommes affairés à soutenir des discussions sans fin.

La région est riche en minerais mais ses trésors sont davantage volés, exportés, détournés que partagés. La population est pauvre. Prendre le bus est un privilège. Beaucoup marchent sur les bas-côtés ou coupent par des chemins de terre. Dans le car déjauni, rires et conversations enlevées, tenues colorées et chatoyantes, radio grésillante mais dansante, tout est joyeux. La pauvreté n'affiche pas un visage pâle. Il fait incroyablement chaud, toujours.

Dans le petit bus, des femmes allant au marché, englouties sous des paniers et des sacs vides, sont assises sur des fauteuils très usagés et dans le couloir. Elles portent sur la tête des tissus flamboyants savamment enturbannés et noués. Des écoliers en tenue sérieuse se bidonnent. Hommes et femmes sont vêtus de boubous bariolés aux couleurs franches et éclatantes, vert, jaune, rouge ou bleu indigo, couleur caractéristique de la région. Certains hommes portent des couvre-chefs noirs, blancs ou beiges, en simple toile, brodés ou en dentelle. La plupart sont musulmans, comme la grande majorité des habitants de cette région. Quelques hommes surboutonnés portent des costumes mal ajustés. Ils ne sont pas des chefs de village mais des fonctionnaires, des petits chefs d'administration qui n'ont pas grand-chose à administrer.

Le bus s'arrête. Deux personnes âgées montent. Des milliers de bras se tendent pour les aider. Au fond du bus, tassé contre la fenêtre, un jeune homme regarde le paysage. Au-dessus de lui, menacent de tomber une immense valise ainsi qu'un étrange bagage rond et allongé inconnu dans la région. La dernière fois que le jeune homme a pris ce chemin avalé par le bus aux amortisseurs défaillants, il était à pied, sans bagage, et allait en sens inverse, vers la liberté. Le passager ne parle à personne, contrairement aux autres. Le jeune homme porte un boubou jaune, neuf. Il laisse pendouiller ses bras par la fenêtre afin de saisir un peu de vent. Demba vient d'arriver au Mali.

Il regarde par la fenêtre un paysage estompé de sa mémoire par sept années passées hors de sa terre dont quatre en France. Ses souvenirs sont sombres mais pas ceux liés aux odeurs. En attendant le bus pour Yabouctou, le Mali de ses enfance et adolescence s'est fugacement réveillé. Odeurs d'épices, de gasoil, de cacahuètes grillées, de poissons très usagés, de pneus en vente au bord de la route, odeurs de bouses de vaches, de chèvres, de chameaux, odeurs sucrées des anthuriums, odeurs puantes de poubelles à ciel ouvert, les odeurs du Mali qu'il retrouve sont celles du Mali qu'il a quitté.

Le bus arrive à Yabouctou. La ville est la plus grande de la région dont Demba est originaire. Elle est extrêmement étalée, sans immeubles importants. Les mobylettes ont remplacé depuis longtemps les Impalas. Des panneaux géants affichent des publicités d'un autre temps. On ne voit qu'elles, la ville est si plate. Partout des enfants courent, des femmes portent d'immenses charges sur la tête. Partout des échoppes colorées plus ou moins remplies, gérées par de beaux parleurs. Le bus s'arrête à la gare routière, immense champ de poussière, de cohue, de cacophonie. Certains bus ont souffert pour arriver jusqu'à elle afin d'y rendre l'âme. Au nord de la région de Yabouctou se trouvent la Mauritanie et pas très loin l'Algérie. À Yabouctou, tout le monde descend et se répand dans la ville. Demba attend un autre bus qui le rapprochera de Sébé, son village.

Il était un éleveur pauvre. C'est la première fois qu'il va prendre le bus qui sépare en quarante minutes pétaradantes la grande ville tumultueuse de son village paisible posé sur le sable. Sous ce qui subsiste d'un Abribus, un homme en boubou pourpre est préoccupé par un des deux bagages auquel Demba s'accroche. Il n'a jamais vu une forme pareille. L'étui est allongé, rond, en carton épais. L'homme demande à Demba à quoi il sert. Demba n'a pas le temps de répondre. Un petit bus brinquebalant archicoloré arrive à toute vitesse. Demba monte à bord de ce taxi-brousse collectif. Il y a à l'intérieur et sur le toit davantage de volailles que d'humains. Les passagers remarquent que Demba n'est pas comme eux. Il a un visage sérieux, pas eux. Son boubou est flambant neuf, pas les leurs. Il porte de belles chaussures occidentales, pas eux. Il est regardé par ses frères comme un touriste. Il est installé à l'avant du bus pour être certain de ne pas rater un immense panneau d'indication, un arbre solitaire, un karité d'où part la piste qui conduit à son village.

Lorsque Demba descend du taxi-brousse, son cœur se soulève. Émotions et angoisses le submergent, tandis que la chaleur l'accable. Le bus est déjà reparti. Sur la piste quelques carrioles tirées par des ânes avancent chaotiquement, dépassées furieusement par des mobylettes hystériques.

Personne n'attend Demba au pied du karité. Il est parti il y a sept ans sans rien dire à personne. Il revient sans avoir prévenu personne. Il ne manque à personne sauf à sa mère qu'il a souvent au téléphone. Il lui envoie régulièrement un peu d'argent. Demba remplit les critères qui conduisent sa mère à être rassurée et à le respecter. Comme tout va bien, dit-il, comme il est en bonne santé, elle ne pose aucune question, jamais. Elle n'a jamais cherché à savoir comment est l'Europe, Paris. Elle n'a jamais demandé à Demba pourquoi il a quitté le pays. Personne ne sait pourquoi il est parti. Certains pensent que c'est pour échapper à sa condition d'éleveur. Un seul homme a peut-être imaginé que c'est à cause de lui.

Demba a quitté la piste. Il avance désormais maladroitement, péniblement, sur le chemin. Il s'empêtre dans le sable, alourdi par le poids de ses deux bagages et de certains souvenirs plus lourds qu'eux.

En cette fin d'après-midi, les villageois, encore essentiellement des éleveurs, sont dans les collines voisines. Demba passe le long des premières cases de son village. Celui-ci est quasiment vide d'adultes mais pas d'enfants, tout juste revenus de l'école. La plupart ne le connaissent pas. Certains ont un doute. Tous accourent vers lui. Ils l'encerclent. Ils célèbrent le nouveau venu dans un vacarme jovial. C'est si rare qu'un inconnu débarque à Sébé. Quelques femmes sont au village. Enfermées dans leurs cases, elles préparent les repas. Arrivés au cœur du village, sous le grand baobab central, les enfants font tourner Demba sur lui-même. Ils veulent le voir de tous les côtés, sous toutes les coutures. En tourbillonnant sur lui-même, il aperçoit au lointain d'autres baobabs échappés de la terre à perte de vue. Ils sont toujours aussi majestueux et solitaires. Ils parsèment l'horizon exceptionnellement visible. Vent, bourrasques et nuages de sable se sont calmés pour accueillir l'enfant qui n'est pourtant plus du pays. Demba retrouve les baobabs comme on retrouve de vieux amis. En les apercevant, il est empli de joie. Il sourit, enfin.

Pendant quatre ans, alors qu'il était à peine adolescent, après que l'homme avait terminé, Demba s'est réfugié auprès du grand baobab. Il lui a confié ses souffrances, caressant son écorce lisse pour que ses mains touchent quelque chose qui ne soit pas hostile. Demba est heureux de revoir le grand baobab, triste aussi. Il fut le grand dépositaire de sa détresse.

Des enfants rient et crient sans relâche, excités de voir arriver un homme inconnu avec deux immenses bagages, dont un particulièrement étrange. Dans sa modeste case, la mère de Demba est courbée sur son métier à tisser. Elle use ses bras et ses mains machinalement comme elle le fait depuis qu'elle est gamine. Elle ignore que son fils se rapproche d'elle. L'opulente tisseuse porte un boubou bleu indigo ainsi qu'un magnifique tissu, bleu aussi, élégamment et savamment noué sur la tête. Intriguée par le joyeux vacarme, elle se lève et marche jusqu'à la porte de sa petite maison. Elle voit les enfants tourner autour de quelqu'un qui tourne sur lui-même. Ces manèges enchevêtrés soulèvent une bourrasque de sable. À travers ce voile de sable, Demba distingue sa mère. Il jette ses bagages sur le sol. Il court vers elle. Il pleure. Comme Mathieu l'a longtemps cru, Demba pensait qu'il n'en était plus capable. Sa mère ne bouge pas, inapte à effectuer le moindre pas tant elle est stupéfaite et émue. Elle n'arrive pas à croire que le fils qu'elle avait encore au téléphone il y a quelques jours d'un pays d'au-delà de la mer soit là, devant elle. Demba et sa mère se serrent dans les bras. Ils fusionnent leurs corps. Ils mêlent leurs larmes. Devant tant d'émoi, les enfants se taisent et repartent sur la pointe des pieds. Ils savent que pleurer c'est grave, important, très sérieux. La mère de Demba prend la main de son fils sans dire un mot et le conduit à l'intérieur de la case. Elle referme la porte pour que nul ne vienne troubler leur intimité. Avant, elle n'avait jamais refermé la porte. Elle n'avait jamais pris Demba dans ses bras à ce point, jamais pleuré avec lui. Leur intimité consistait à rire, à marcher vers les collines, à courir vers le bétail et à regarder exceptionnellement la seule chaîne du pays à la télévision d'un village voisin, la commentant davantage que l'écoutant.

Depuis qu'il n'a plus de nouvelles de Demba, Mathieu n'est pas sorti de chez lui. Il s'occupe en faisant des choses inutiles. Il compte tout : les fenêtres des immeubles voisins, leurs cheminées, les réverbères, ses chemises. Il range ce qui l'est déjà. Il classe ce qui n'a plus à l'être. Il étire l'ennui sans jamais l'éteindre.

Baobabs, collines de sable, la savane commence à s'enfoncer dans la nuit. Dans cette partie du monde, à cette latitude, le jour s'endort vers 18 heures. Enfermés dans la case maternelle, mère et fils se parlent. Ils échangent des phrases sur le village, la santé de chacun. C'est tout, comme d'habitude. Les éleveurs rejoignent Sébé. Ils rentrent dans leurs cases, murs en dur, toits en taule. Voir sa mère comble Demba et lui suffit. Il a peu de questions à lui poser. Rien n'a changé dans la vie de sa mère depuis qu'il est parti. Rien ne changera jamais. Aïssatou ne cesse de caresser le visage de son fils comme si elle le découvrait. Demba ne laisse pas à sa mère le temps qui lui permettrait de s'interroger sur sa présence. Il ouvre son énorme valise et l'abreuve de petits cadeaux. Il lui souhaite bon anniversaire. Sa mère a soixante ans. Il est au Mali pour cette raison, dit-il. La mère de Demba ouvre sa porte au reste du village. Tout le monde s'engouffre dans la case. Presque tout le monde.

Demba redoute le moment où il devra saluer celui qu'il craint encore, celui qu'il a craint jusqu'à être anéanti par lui. Il salue des cousins, des inconnus, ses frères et sœurs. Arrive la tante de Demba, la femme de l'homme qui a tant de fois commencé. Elle est accompagnée de leurs enfants. Ils sont chaleureux, souriants et badins. Ils semblent tous si heureux, bonheur insolent et radieux, bonheur insupportable pour Demba. Tout le monde entre dans la case, un peu comme on vient présenter ses condoléances ou féliciter un médaillé, en attendant son tour. Il n'est pas encore entré.

La nuit est là. Demba est fatigué par le voyage. Il dit au revoir à tout le monde, presque tout le monde. Il donne rendez-vous à chacun le lendemain après le travail sous le grand baobab, celui autour duquel s'enroule le village. Il dit qu'il racontera des histoires. Les Sébéens en raffolent. Ils en consomment avec plaisir comme ils le font pour les fruits et feuilles de karité. Demba, à peine déshabillé, entre en sommeil. Il a posé à côté de lui sa grosse valise fortement allégée déjà ainsi que le long étui noir énigmatique et bien fermé.

Le lendemain, Demba est presque seul dans le village. Les enfants sont partis tôt pour l'école d'un bourg voisin. Les adultes sont dans la savane avec leurs troupeaux. La mère de Demba tisse. Elle est enjouée. Elle badine. Son fils est là. Elle travaille toute la journée dans sa case. Sa vie est là. Malgré la présence de son fils, elle ne peut abandonner son travail pour lui. La misère est là.

Demba se dirige vers le grand baobab, son grand confessionneur. Il en fait le tour, caresse chacune de ses immenses racines, laisse ses mains embrasser son tronc. Il quitte le village. Il part en pèlerinage. Il marche longtemps dans la savane qu'il connaît parfaitement. Là, il a gardé le bétail. Là, il a préféré la compagnie des animaux à celle des hommes, d'un en particulier. Il part ensuite à la rencontre des baobabs. Auprès de chacun aussi il s'est réfugié. Il leur rend visite. Devant chaque arbre, il reste plusieurs minutes debout, sans bouger. Chacun est une tombe devant laquelle il s'incline sur sa vie passée. Il espère définitivement l'enterrer. Devant chaque baobab, dans chaque tombe, il a enfoui un peu de ses douleurs et déposé à leur pied un peu de sa haine. Après chaque visite de l'homme qui a commencé et recommencé, sa haine s'est majestueusement développée comme les baobabs. Après son départ de Sébé, celle-ci s'est endormie jusqu'à ce qu'il l'oublie. Elle s'est violemment réveillée. Comme une formule sur la ligne de départ, elle vrombit.

Mathieu ne devait plus jamais retourner au Bourget. Sans nouvelles de Demba, il a décidé de s'y rendre. Il questionne tout le monde avec difficulté. Présents, absents, disparus, chaque réfugié n'est préoccupé que par sa propre survie. À force de ténacité, Mathieu finit par apprendre que son ami n'est pas revenu au centre depuis plusieurs jours sans que personne n'en connaisse la raison, ni ne s'en inquiète. Mathieu retourne chez lui désemparé, pâle, abattu, vide, surtout vide.

Demba a donné rendez-vous aux villageois sous le grand baobab. Vers 17 heures, à l'heure où la lumière entame son déclin. De jeunes adultes apportent de grands bidons d'essence, vides. Les anciens s'assiéront dessus. Des enfants trimbalent des petits troncs d'arbre pour que leurs parents s'y installent. Certains viennent avec des chaises raccommodées. De toutes les cases, arrivent voisins, cousins, famille lointaine ou proche. La mère de Demba est assise au premier rang face à l'arbre, face à une armoire couchée sur le sol sur laquelle Demba monte. Elle est sa scène. La tante de Demba arrive. Elle est accompagnée de ses beaux enfants. Ils s'installent au premier rang sur le côté tant il y a du monde. Elle garde près d'elle une chaise vide. Demba s'apprête à faire baobab comble. Sur la grande armoire couchée, il installe une petite table. Dessus, il pose l'étui noir. Celui-ci intrigue tout le monde. Les villageois n'ont aucune idée de ce qu'ils viennent voir et entendre. Ils pensent assister à un spectacle comme certains en ont vu à Yabouctou. Demba s'adresse aux villageois en peul. Rares sont ceux qui maîtrisent parfaitement le français. Il lance un immense bonsoir qui déclenche immédiatement des applaudissements. Comme un acteur qui aurait répété sa scène, il commence l'interprétation d'un texte qu'il a maintes fois pesé, aiguisé et marmonné. Demba explique qu'après presque trois ans de voyage, après quelques mois de grande solitude à Paris, il a rencontré un ami exceptionnel, un magicien comme il en passe encore parfois dans les villages. Il précise que cet ami l'a aidé à se sentir moins seul, l'a sauvé du désespoir et l'a conduit vers des tas de mondes inconnus. Il ajoute avec entrain que cet ami de Paris aime l'Afrique. Demba est interrompu par les applaudissements des grands et les cris des enfants. Tous ignorent ce que signifie le mot « solitude », aucun villageois ne vivant à l'écart des autres. Ils ignorent même que l'on puisse se sentir seul, Dieu étant avec chacun. À peine savent-ils qu'existent d'autres mondes que le leur. Demba, certain de son effet, précise que son ami est dans l'étui. Les enfants attendent un numéro de magie.

Demba ouvre lentement l'étui comme s'il accomplissait un cérémonial sacré. Du long étui noir, il extirpe une reproduction, un poster enroulé sur lui-même. Il le déploie lentement afin de faire durer le suspense. Le poster déplié laisse apparaître un visage, celui de son ami de Paris, surprenant visage. La vision de ce portrait crée une hilarité générale. L'homme peint porte une mèche longue et ridicule qui lui cache une grande partie du front. Au village, on n'a jamais vu des cheveux comme ça. Le nez est anormalement aplati comme les boxeurs peuvent en avoir. Les yeux sont démesurément grands, effrayants. Ils fixent, incroyablement écarquillés, ceux qui les regardent. La petite bouche est muette, fermée, comme cousue. Demba exhibe avec fierté le portait de l'homme à la gueule cassée. Un enfant se lève et fonce vers une case. Il revient immédiatement avec un masque traditionnel représentant un visage lui aussi très géométrique, sans rondeur, irréel, comme accidenté. Demba saisit le masque dans une main et tient la reproduction de l'autre. Il raconte que son ami, auteur du portrait, a été envoûté par l'Afrique sans y être jamais allé, grâce à des masques comme celui-ci vus à Paris. Demba ajoute que la vision de ces masques a changé sa façon de travailler et que l'auteur de ce portrait est aujourd'hui l'artiste le plus connu du monde, ce qui impressionne certains et en laisse d'autres dubitatifs. La grande majorité des villageois n'ont jamais vu de tableaux et ignorent comme le monde est vaste. Demba annonce que son ami s'appelle Picasso, Pablo Picasso. Il précise qu'il a réalisé ce portrait de lui en 1907, il y a plus d'un siècle, et qu'il est mort en 1973. Demba ajoute que Picasso est vraiment un grand magicien, une sorte de dieu qui a inventé des corps et des visages qui n'existent pas. Demba constate que son public s'amuse mais ne comprend pas vraiment. Comment expliquer aux villageois qui n'ont jamais quitté leur terre, et qui doivent la travailler obstinément pour ne pas être encore plus pauvres, ce qu'est une œuvre et à quoi elle peut servir ? Il espérait partager sa nouvelle passion, expliquer ce qu'est un peintre. Il voulait raconter les mondes qu'il a découverts mais le monde des habitants de Sébé se résume au leur. Demba voulait expliquer qu'un tableau peut consoler, poser des questions, que c'est le miroir de celui qui le regarde. Il se résout à ne pas le dire. De toute façon, il n'est pas vraiment là pour faire un cours magistral, donner une conférence, du moins, il n'est pas sous le baobab, debout sur son armoire, que pour cela.

Demba pose l'autoportrait africain de son ami Picasso au pied de la petite table. Il s'adresse alors à sa mère, si fière, si belle et si bleue. Il lui demande de se lever et de saluer le petit public. Elle agite la main, comme une reine, heureuse d'être regardée par tous, étant habituellement ignorée par chacun sauf quand elle prépare le tô, plat national à base de céréales dans lequel elle injecte savamment du soumbala, condiment extrait des graines de néré. Demba vante les talents de cuisinière de sa mère, celui de tisseuse et surtout ses merveilleux goûts vestimentaires élégants et toujours si bleus. Il extrait ensuite de l'étui un deuxième poster. Il déploie le portrait d'une femme blanche enturbannée de bleu indigo, drapée d'une robe bleu indigo aussi. La femme est habillée de bleu comme sa mère. Le public s'esclaffe comme si Demba venait de transformer sa mère en femme blanche habillée presque comme elle. Demba dit qu'en découvrant le portrait il a immédiatement pensé à sa mère et qu'en le regardant, il a l'impression qu'elle est près de lui. Il dit qu'il a toujours avec lui un petit livre qui comporte le portrait de la femme en bleu, le portrait par ricochet de sa mère. Le public s'assagit. Une mère c'est sacré. Le portrait de la femme en bleu de Picasso a la bouche et le nez de travers. Ses yeux sont loin d'être alignés. Ses sourcils sont en zigzag. Les enfants inclinent la tête et font quelques grimaces pour tenter d'imiter la femme au visage tordu. Demba n'essaie plus d'être compris. Il s'amuse en les regardant.

Brusquement, soudainement, il se fige. Son visage

change radicalement. Il perd son sourire. Ses yeux sont effrayés. Il se raidit. Le portrait de la femme en bleu s'échappe de ses mains pour s'évanouir à ses pieds. Il est incapable de continuer à parler. Sa force défaille. À côté de sa tante, la chaise vide ne l'est plus. L'homme qui a commencé et recommencé vient de s'asseoir. Il est le dernier villageois à s'être assis en face du baobab, obligé de venir non pas par intérêt pour Demba mais afin que son absence ne se remarque pas.

L'homme est assis à quelques mètres de Demba, le visage fermé, les yeux ne se fixant sur rien ni surtout sur personne, s'égarant, balayant le paysage comme s'il le découvrait. L'homme est impressionnant par sa taille, drapé d'un boubou marron brodé de fils orange. Parce qu'il doit bien faire quelque chose de ses bras, il passe sa main dans le dos d'un de ses enfants. Il est attentionné, protecteur. Demba ne voit que cette main et ce bras qui disparaissent affectueusement dans le dos de l'enfant. L'homme est dorlotant et calme, ce qui chavire insupportablement Demba dont le corps tout entier trémule. Plus aucun son ne sort de sa bouche. Il a anticipé ce moment tant de fois, pourtant. Il est au Mali pour cet homme-là. Il a imaginé cette seconde-là, celle où il reverrait son oncle, sept ans après son départ du village, quatorze ans après que l'homme eut cessé. Demba n'a pas imaginé à quel point tout serait encore là, absolument là, vivant, incandescent. La case isolée avec la paillasse vétuste et la lourde porte en fer est à quelques pas de Demba. Il entend la porte se fermer. Il entend ses propres gémissements. Il entend une souffrance nullement défunte mais seulement endormie. Il regarde les mains de son oncle caresser ses enfants. Il sait ce qu'elles ont fait, le tenant, le menaçant de coups s'il venait à lui résister. Il a essayé de résister, au début, quand il avait huit ans. Ensuite il s'est résigné. L'homme assis au premier rang a recommencé pendant deux cent huit semaines. Devant son oncle sagement assis parmi les villageois, Demba tremble comme si l'homme allait recommencer. Après que l'oncle eut cessé lorsque Demba eut douze ans et son départ du Mali lorsqu'il en eut vingt, Demba a toujours eu peur que l'homme recommence, peur aussi insupportable et insurmontable que s'il recommençait vraiment.

Le crépuscule émerge de la savane encore brûlante. Entre la fin du jour bleutée et le début sombre de la nuit, debout sur l'armoire, devant le baobab, face au village tout entier réuni, face à sa mère bleue, sa tante souriante, la crainte de son oncle est là, intacte, entière, monumentale. L'homme salue un voisin, adresse un sourire à un enfant. Il est affable, si inoffensif, impassible comme le rapace posé en haut du baobab. Le rapace est si calme. Pourtant il guette. Sa simple présence est une menace.

Les conversations entre villageois camouflent le silence de Demba. Pour la troisième fois, il sort lentement de l'étui une reproduction d'un autre tableau de Picasso. Il l'extrait méticuleusement, lentement. Son attitude solennelle conduit le vacarme du village à s'estomper comme la lumière du jour. Demba tient le poster dans ses mains. Elles ne tremblent plus. Porté par sa mission, il présente l'œuvre au public comme le fait un commissaire-priseur avant une enchère. Il s'assure que chacun puisse bien la voir. Il s'immobilise, tenant la reproduction au niveau de sa poitrine face à son oncle. Le face-à-face entre le tableau et l'oncle commence. Les yeux de Demba le fixent, obligeant l'homme à le regarder pour la première fois.

Demba s'adresse à son public. Il raconte que lorsqu'il a vu le tableau, il a été immédiatement saisi par la ressemblance entre le paysage peint par Picasso et les collines autour du village. Le sable, le paysage aride, pas d'ombre, rien que le soleil, tout fait penser à l'Afrique dans ce tableau, dit Demba. Il poursuit en évoquant les personnages présents dans l'œuvre : des acrobates, des saltimbanques, des nomades. Pour Demba, ils sont comme l'était encore sa famille il y a peu, comme le sont encore de nombreux Peuls. Pour lui, ce tableau est un hymne à sa terre, « et à vous tous ! », dit-il. Ce n'est pas pour cette raison que Demba a rapporté une reproduction de ce tableau.

Son regard n'hésite plus à revenir constamment vers son oncle. Demba entame sa lecture de l'*Acrobate à la boule*. Il partage son émotion face à la grâce de la jeune acrobate qui tente de se maintenir en équilibre sur une grande boule. Il garde pour la fin le personnage le plus imposant et captivant du tableau, celui qui est au premier plan, celui qui trouble par sa force : l'acrobate assis de dos sur un cube. Demba maintient l'orientation de la reproduction en direction de son oncle qui fait semblant de s'intéresser au tableau comme il a fait semblant toute sa vie de s'intéresser à Demba.

Demba demande à tous de regarder attentivement comment Picasso a décidé de représenter l'athlète en exagérant les proportions, en déformant la réalité pour le rendre impressionnant, massif, pour qu'on ne voie que lui. Demba s'attarde sur les pieds tellement immenses de l'acrobate, sur les cuisses et le dos du sportif à la musculature spectaculaire et irréelle. Demba poursuit son analyse de l'œuvre. Il arrive à la nuque du saltimbanque, destination finale qu'il veut fatale de son récit, de son voyage même. Il demande à chacun de bien regarder la nuque de l'acrobate tout en tension, en souffrance. La voix de Demba devient plus grave, ses phrases plus lentes. Il insiste sur cette nuque sombre et grise qui attire, fascine et perturbe, parce que le reste du tableau est doux, rose ou bleuté. Le regard de Demba devient sombre comme l'est la nuit. Il fait encore chaud. Son regard est glaçant.

Enfermé chez lui, Mathieu poursuit son intense activité flasque. Il est interrompu par un appel téléphonique. C'est la patronne de Demba. Elle a des nouvelles, évidemment, enfin ! La voix de madame de Courson n'est pas particulièrement joyeuse. Mathieu perd immédiatement le peu de joie qu'il a réussi à dénicher au fond de lui. Madame de Courson vient de trouver sur le meuble sur lequel Demba travaille son portable, éteint. Demba est parti sans son téléphone afin que nul ne puisse le retrouver. Un signal clair pour qu'on ne le cherche pas. Mathieu est meurtri. Il se sent trahi. Si son ami est en difficulté, il ne lui a pas demandé de l'aider. Mathieu s'allonge sur son lit. Il s'y enfonce. Il mord la couverture. S'il pouvait la dévorer afin qu'elle l'étouffe, il le ferait.

En exhibant la reproduction de l'*Acrobate à la boule*, Demba change. Il n'est plus le charmant garçon qui revient au pays pour raconter son exil et faire découvrir son ami Picasso.

L'armoire posée sur le sable au pied du baobab devient une arène dans laquelle débute une corrida. La reproduction du tableau que tient le torero Demba est une banderille. Il fixe son oncle comme le serpent le fait, hypnotisant sa proie avant de la tuer. Le simple fait que son oncle le regarde est un début de victoire. Demba commence à savourer sa prise d'ascendance sur l'homme. Il reprend ses commentaires. Il explique, il lui explique qu'un tableau peut réveiller des souvenirs endormis.

La nuit étant tombée, des feux ont été allumés, faisant danser les ombres des visages. Deux enfants orientent leurs torches à piles vers la nuque du tableau, la rendant effrayante. Elle l'est. Sans quitter une seule seconde le regard de son oncle, Demba passe sa main sur sa nuque, plusieurs fois, de nombreuses fois. Demba raconte le moment précis où, observant la nuque imposante de l'acrobate, il eut terriblement mal à la sienne, immensément mal. Il espère une réaction de son oncle. Ce dernier ne réagit pas. Tout en continuant de se frotter la nuque et d'incliner la tête dans tous les sens, comme s'il se débattait, Demba explique que lorsqu'il a vu le tableau, en regardant la nuque de l'acrobate, il eut étrangement et soudainement mal à la sienne comme si le mal était caché dans le tableau et que ce dernier lui avait jeté un mauvais sort. Demba précise qu'il s'était senti ensorcelé, phénomène auquel les habitants du village croient sans difficulté. Les masques africains ne sont pas créés pour faire les beaux mais parce qu'ils ont un pouvoir surnaturel. Leur esthétique est au service des forces des esprits. Les Sébéens attendent la suite de l'histoire. Moins l'oncle de Demba.

Du haut de l'armoire qui gît sur le sable, Demba raconte qu'il y a longtemps, ici au village, quelqu'un lui a fait mal en le saisissant violemment par la nuque, plusieurs fois, de nombreuses fois, d'innombrables fois, trop de fois. L'oncle de Demba ne baisse pas les yeux. La honte n'alourdit pas ses paupières. Ses épaules ne s'affaissent pas. Le bourreau ne laisse rien paraître. Demba continue de tordre sa nuque, de la malaxer. Il précise, ne s'adressant plus qu'à l'oncle, que sa nuque fut agrippée, contorsionnée, par une main ennemie mais que le mal fait n'était rien comparé à celui subi systématiquement ensuite. Les villageois sont déroutés par ce conte dramatique. Les yeux de l'oncle de Demba n'expriment rien mais ses mains le trahissent. Il les emboîte, les enchevêtre nerveusement. La peur naît. Elle change de corps. Percevoir la peur chez son oncle suffit à augmenter la force de Demba et sa détermination à accomplir sa mission. Il veut raconter à tous ce que l'homme a fait. Il sait que personne ne lui pardonnera, que son récit est une mise à mort. L'oncle le comprend. Il continue de malaxer ses mains comme s'il s'apprêtait à étrangler Demba de crainte qu'il ne poursuive son récit, qu'il ne soit livré à la vengeance de chaque villageois, au courroux des dieux. Demba continue de maltraiter sa nuque. L'oncle se lève gravement. Il se dirige vers Demba, le pas lent et décidé, déterminé. Demba continue de frotter obstinément sa nuque. Elle est un empire en flammes. Les souffrances, les humiliations et le désespoir subis le consument. Pour éteindre le feu, il va parler du pyromane qui s'approche de lui.

Un cri. Soudain un cri. Un bruit. Soudain un bruit bref et sec. Un enfant. Un enfant vient de crier. Le rapace qui était dans le baobab s'est envolé. Par son envol, un lourd fruit de l'arbre s'est détaché, tombant sur un enfant. L'assemblée court vers lui. Le gamin à peine blessé est raccompagné chez lui par le village tout entier. Demba n'a plus de public. L'oncle est en face de lui, les mains prêtes.

La mère de Demba rejoint son fils au pied du baobab, faisant fuir l'oncle. Aïssatou n'hésite pas à dire à son fils qu'elle n'a pas tout compris de ce qu'il a dit mais ajoute qu'elle aussi, elle aime bien Picasso. Elle lui demande si elle peut emporter la reproduction de la femme en bleu, histoire d'avoir dans sa case un nouveau membre dans la famille. Picasso entame sa conquête du village.

L'oncle s'est réfugié dans sa case. Demba se dirige vers elle. Il appelle son oncle. Demba lui propose avec fermeté mais sans violence qu'ils aillent marcher le lendemain dans les collines afin d'avoir une conversation d'homme à homme. Il souhaite que celui qui a meurtri son corps, éventré son âme, égorgé sa naïveté, brisé le jeune garçon qui s'apprêtait à devenir un homme, reconnaisse ses crimes et qu'il ne vive plus comme avant, comme Demba ne vit plus comme avant depuis que l'homme a commencé. Il veut que son oncle sache qu'il n'a pas quitté le Mali uniquement en raison de la pauvreté de la terre, des luttes grandissantes entre ethnies, de la montée sournoise du terrorisme mais aussi, voire seulement, à cause de lui. Demba ne veut plus voir son bourreau vivre heureux, lui qui ne l'a jamais été à cause de lui. En allant avec son oncle dans les collines, Demba espère lui dire tout cela. Il le faut.

Dans sa case, la mère de Demba ne dort pas encore. Elle se contemple. Elle se trouve aussi élégante que Dora Maar, compagne et modèle de Picasso, qui posa si magnifiquement enturbannée de bleu indigo.

L'oncle de Demba ne dort pas. Il se lève, marche dans le village endormi, se recouche, se relève et marche encore.

À Paris, Mathieu dort, nuit et jour, aidé par quelques endormisseurs chimiques.

Demba aimerait s'assoupir mais il se retourne plus qu'il ne dort. Le rapace chasse. La lune est occupée à refléter le soleil.

Le lendemain à 7 heures, les éleveurs de bétail sont déjà partis dans la savane environnante. La plupart des femmes sont sur la piste pour rejoindre d'autres villages, afin d'y travailler ou d'aller au marché. Les enfants eux aussi sont partis pour l'école. La mère de Demba a commencé son activité de tisseuse de laine de mouton. Des chiens aboient. Demba et son oncle sortent de leur case. Ils ne se saluent pas. Demba emprunte le chemin qui conduit vers les collines les plus proches. L'homme suit. Ils ne se parlent pas. Ils le feront dans les collines. Là, leurs mots se perdront, emportés par le vent, écrasés par la chaleur ou mangés par des scorpions. Les deux hommes s'enfoncent dans le paysage. Leurs silhouettes s'estompent au fur et à mesure que la chaleur les enveloppe, que le soleil les avale. Le vent se lève. La mère de Demba regarde les deux hommes disparaître. Elle se réjouit qu'ils partagent un moment ensemble. Du village, les silhouettes des deux hommes ne sont plus visibles. Ils arrivent au pied des collines. Au-delà des collines, il y a encore des collines. Du haut des collines, il n'y a pas de point de vue sans collines. Elles sont arides, balayées par le vent chaud, recouvertes de sable. Rien ne pousse, sauf les collines qui grandissent au fur et à mesure que le sable les gonfle.

Demba et son oncle suivent une piste qui traverse un premier massif puis d'innombrables autres. Rien n'est plus lourd et pesant que leur silence. Des vautours voltigent. Le ciel commence à se voiler.

Demba et son oncle sont partis, leurs sacs en bandoulière. À l'intérieur de chacun se trouve une gourde mais certainement pas que cela. Si pour l'instant ils manquent de mots, ils ne manquent pas d'eau ni d'idées noires. Chacun se tait pour ne rien dévoiler de ses intentions. Demba doit accomplir sa mission. Il est là pour dire. Plus il dira, plus il se reconquerra. Son oncle veut continuer de vivre déguisé en honnête homme ou continuer d'être ce qu'il est, sans doute persuadé d'être un homme honnête. Les deux individus progressent sous la chaleur, toujours sans mots. Ils s'arrêtent au pied d'une colline haute et abrupte qui protège du vent et du soleil. Dans celle-ci se trouve une petite cavité. Les villageois l'ont appelée la grotte à palabres en référence à l'arbre du même nom. Sous l'arbre à palabres on vient débattre de la vie du village, de celle du pays. On vient aussi y régler ses différends.

Leurs sacs et leurs ambitions en bandoulière, les deux hommes se sont recouvert le visage de tissu afin de ne pas être gênés par le sable que le vent commence à soulever avec détermination. Quelques vautours tourbillonnent dans le ciel. Il y a toujours un animal égaré et faible qui finit par mourir. Le vent s'énerve. Les deux hommes s'évitent comme ils peuvent. Ils ne se parlent pas encore. Le sable virevolte de plus en plus frénetiquement. Il n'y a plus de vautours dans le ciel. Le vent est devenu trop puissant, arrogant, agressif.

Les deux hommes s'assoient à même le sol. Bien qu'ils soient installés dans la petite cavité, le sable tourbillonne autour d'eux. Les grains de sable s'agglutinent. Ils veulent écouter au plus près ce que les ennemis vont se dire. Demba et l'oncle défont leurs sacs. Ils dégoupillent leurs gourdes. Ils boivent comme le font deux boxeurs avant le combat. Ils rassemblent leurs forces. Le vent et le sable montrent les leurs.

Demba entame son accusation. Malgré ce qu'il entend, l'oncle demeure impassible, sculpture de pierre immobile face à l'hostilité acharnée des éléments. Vent et sable s'emportent, pas Demba qui pèse ses mots avec méthode. Il est là pour dire, tout. L'oncle n'est pas attendri. Il récuse, nie, éructe, menace. La falaise et son renfoncement ne les protègent plus des bourrasques voraces. L'oncle a de nouveau soif. Il ouvre son sac où se trouve sa gourde mais pas seulement. Le sable se faufile partout. Il recouvre rapidement la piste qui conduit au village.

À Paris, tout est calme. Mathieu se réveille. Il tressaille comme s'il venait d'être électrocuté. Il se dresse sur son lit, les yeux exorbités, le corps traversé par un éclair froid. Un cauchemar. Il s'allonge. Assommé par les somnifères, il se rendort.

À Sébé, les éleveurs sont rentrés. Le bétail est agité. Toutes les fenêtres et les portes du village sont désormais fermées, calfeutrées. Les enfants sont revenus du bourg voisin plus tôt que prévu. La tempête arrive. La pieuvre emprisonne les deux hommes. La mère de Demba est inquiète. Le village commence à l'être. Les deux hommes sont partis il y a des heures. Le crépuscule naissant est tourmenté. Il se voile de tourbillons de sable en colère. Les habitants guettent du côté des collines mais celles-ci ne sont plus visibles. Le jour agonise. La mère de Demba implore les dieux. L'immense baobab du centre du village est lui aussi giflé par le sable et le vent. Aucun rapace ne parvient plus à s'y tenir. Tout le monde attend. Chacun espère. Rien. Personne. La nuit s'installe, presque. Rien. Personne. Un cri. Le cri d'une femme.

La mère de Demba vient de crier, cri de joie. Elle a aperçu quelque chose du côté des collines, quelque chose qui bouge, une forme évanescente qui se déplace. Elle est persuadée d'avoir vu quelqu'un, probable hallucination d'une femme qui espère revoir son fils. D'autres villageois scrutent en direction des collines mais rien. Pas rien. Un homme hurle à son tour. Il a aperçu quelque chose avancer vers le village. Il ne voit plus rien. Rien. Le sable pirouette sur lui-même et avale tout ce qu'il peut. L'homme distingue à nouveau une petite masse lointaine et protéiforme. Elle avance péniblement vers le village. Trop de vent, trop de sable. Tout se devine. Rien ne se voit. À hauteur des derniers baobabs visibles, des silhouettes incertaines, fragiles, se rapprochent. Elles disparaissent derrière le grand baobab. Rien que lui. On ne voit plus que lui. Une silhouette apparaît à nouveau, pas deux. Un homme, un seul, au visage invisible, titube vers les cases. Il est emmitouflé des pieds à la tête, entièrement recouvert de sable. Il se dirige comme il peut vers une case, celle de la mère de Demba. L'homme est là, devant la case, devant la mère, balayée elle aussi par le sable et le vent. Les villageois attendent la deuxième silhouette. Rien. Aucun autre homme ne surgit du chaos. Devant la case de la mère, devant la mère elle-même, l'homme surgi des collines tremble. Il s'effondre. La mère se précipite afin d'enlever ses couches de vêtements empêtrées et que son visage respire. Les villageois accourent. Demba est épuisé. La tempête est épuisée aussi. Le calme revient au village, pas l'oncle.

En pleine nuit, bien qu'exténué, Demba se lève. Il retire de l'étui noir la reproduction de l'*Acrobate à la boule*. Il sort et marche vers le majestueux baobab, seul du village resté debout aux côtés de Demba. Entre ses immenses racines, le jeune homme dépose la reproduction sur la terre, solennellement comme on le fait pour une gerbe, avec soin comme on le fait pour un blessé. Demba craque une allumette et met le feu à la reproduction. Les collines de Picasso partent très vite en fumée. Les roses et bleus de l'œuvre s'affolent et s'envolent dans le ciel africain. Le gros ballon de la jeune acrobate se dégonfle. Bien qu'innocente, elle-même commence à être torturée par les flammes. Le cube sur lequel l'athlète est assis se contorsionne et entame son affaissement. Les flammes parviennent jusqu'à l'athlète. Ses pieds immenses, ses épaisses jambes, son dos musclé, tout se tord, hurle, se décompose. Pieds, jambes, dos se vautrent. Leurs braises fraîches s'affalent sur le sol. La nuque se sent en danger. Elle est condamnée. Elle se contracte, se plisse, se réduit. Elle se consume misérablement. Les petites flammes accomplissent impitoyablement leur tâche. Elles défigurent la nuque, la broient. Celle-ci finit par s'effondrer sur le sol. Ses lambeaux de feu gisent sur le sable. La nuque s'enterre vivante. La voici moribonde et chaude au pied du baobab. La tête de l'acrobate commence à s'incliner, à s'affaisser. Après la nuque, elle est la dernière à agoniser. La tête à terre, l'acrobate rend l'âme. La reproduction du tableau est à jamais totalement désagrégée, un petit tas de cendres égaré dans l'immensité de la savane. Personne ne pleure la reproduction détruite. Demba se réjouit. Au Mali, sous le baobab, un Picasso vient de mourir tandis qu'un homme vient de naître.

Le grand baobab bleu

Mathieu entre en grisaille. Les heures, les rues, sa façon de marcher sont devenues grises. Sans Demba il ne dodeline plus, ne découvre ou ne redécouvre plus. Ce qu'il fait, il l'a déjà fait. Il réitère. Avec Demba, il avait l'impression de commencer. Il se sentait utile, nécessaire même. Mathieu vient de se rendre dans des galeries, des musées, visites fades, sans surprise, sans couleur, sans relief. L'absence de Demba augmente le poids d'une solitude hélas retrouvée. Solitude à laquelle nul ne peut jamais s'habituer. Solitude que l'on supporte à défaut de ne pas choisir de mourir. Avant leur rencontre, celle-ci pesait, insondable et haute. Demba a allégé l'abîme. Celui-ci revient. Mathieu redevient qui il était avant Demba : un père qui ne parvient pas à s'éloigner de sa douleur, à quitter son deuil ou à le faire. Le bracelet posé en permanence sur sa table de chevet appartenait à son fils lorsque celui-ci mourut scandaleusement accidentellement.

Depuis la disparition de Demba, les jours passent sans avancer. Mathieu tente de poursuivre sa vie comme avant. Échec. Il entre en isolement, en perte de désir. Depuis quelques jours, il dort. Il dort le plus possible. Quand il ne dort pas, il n'aspire qu'à dormir. Sans Demba, il est une lampe sans ampoule. Il n'éclaire rien, ne sert à rien. Il est un théâtre où ne se joue plus aucune pièce, une salle vide sans spectateurs. Quand il ne dort pas, il regarde en boucle la météo bien qu'il n'ait plus l'intention de sortir. Dehors ne l'intéresse plus. Dedans, il connaît trop. Il reste dans son lit, son téléphone portable près de lui.

L'appartement de Mathieu est douillet mais pas coquet. Chez lui tout est plutôt dépouillé, sa chambre exceptée. Elle ressemble à une tombe égyptienne. Mathieu y entasse ses richesses. D'innombrables objets hétéroclites racontent les histoires de ses vies. Sa chambre est aussi une bibliothèque. Des colonnes de livres d'art partent du sol pour tenter de repousser le plafond. Il y a aussi des œuvres de Zweig, Duras, Gary, Camus, Prévert, La Fontaine, Kundera ou Daniel Arasse. Leur talent a écrasé ses velléités d'écriture. L'unique coquetterie de la chambre est une bougie au parfum de fleur d'immortelle. Mathieu apprécie l'odeur épicée qui lui rappelle la Corse. Le nom de cette plante l'enchante aussi. Enfant il se demandait comment être immortel. Aujourd'hui, il ne se résout pas à mourir, encore moins à vieillir. L'apparition de Demba, invincible tant il a surmonté d'épreuves, lui a offert l'illusion qu'en le fréquentant, il lui emprunterait un peu de son invincibilité et de sa jeunesse. La nuit tombe. Cela ne change rien à la vie de Mathieu. Nuits et jours se confondent tant ils débordent du même rien, gorgés du même vide.

Mathieu appelle Cécile, son ex-femme. Peut-être s'aiment-ils encore, un peu. Bien que séparés, ils restent unis. Ce qu'ils ont perdu ne les brisera jamais. De toute façon Mathieu ne sait pas désaimer. Il ne sait pas rompre. Il ne sait pas ranger le passé dans le passé. Quand il appelle son ex-femme, il prolonge quelque chose qu'il refuse de considérer comme défunt et qui ne l'est donc pas. Il appelle Cécile pour être réconforté. Elle le réconforte toujours. Il la réconforte encore aussi. Mathieu lui explique la disparition de Demba. Exceptionnellement, elle ne peut pas le consoler. « Si Demba est retourné dans son pays, c'est pour y recommencer sa vie. Il ne reviendra pas », dit-elle sans hésiter, sans enrober ou nuancer sa certitude. « Il ne reviendra pas. » Mathieu ne s'y résout pas. Il se réfugie derrière un rempart d'oreillers. Il veut dormir. La nuit est faite pour cela. Mathieu pas. Ses doutes, ses angoisses résistent au sommeil. De guerre lasse, il cède. Il finit par s'assoupir.

La terre se met à trembler. Paris titube. Le lit de Mathieu frémit. Son portable vibre. Une sonnerie parfaitement identifiable annonce l'arrivée d'un message. Cette sonnerie correspond exclusivement aux appels provenant de Demba. Mathieu cherche frénétiquement, furieusement, son portable qu'il trouve enfin. Il le tient devant son visage comme un croyant peut porter vers lui un objet sacré. Il l'embrasse. Son lit, sa chambre, son immeuble, son quartier, Paris tout entier, la France, l'Europe, les cinq continents, la planète Terre, le système solaire exultent. Le nom de Demba est affiché sur l'écran du portable. Demba est vivant ! Mathieu repousse le moment de prendre connaissance du message. Il n'ose pas tout de suite le faire de peur que sa chambre explose et le monde avec. Il y a une autre raison. Et si Demba n'était pas l'auteur du texto ? La police a pu saisir son portable ou sa patronne être parvenue à le réactiver. Ses doutes refroidissent ses ardeurs. En quelques secondes, il quitte l'euphorie pour rejoindre la peur, celle d'une possible déception. Après une longue hésitation, il se décide. Le texte apparaît, court, plutôt laconique, sans fioritures ou effets superfétatoires :

« PARDON, J'AI DÛ PARTIR, LOIN, MAIS JE SUIS LÀ. J'AIMERAIS TE REVOIR VITE. DEMAIN, 16 H ? CHEZ PABLO ? PEUX TU ? VEUX TU ? DEMBA »

Mathieu ouvre la fenêtre sur la rue. Dehors entre à nouveau chez lui. Dedans respire. La vie s'engouffre, son cœur se gonfle. Mathieu revit. Il répond, lui aussi laconiquement : « À DEMAIN, ÉVIDEMMENT ! »

Mathieu commence un sérieux ménage de son appartement. Il se dépoussière, se décrasse, se désencombre. Il se couche à nouveau.

Demba s'enfonce sereinement dans le sommeil au Bourget. Mathieu ne dort pas, agité par des milliards de questions. Au Bourget, personne n'en a posé aucune à Demba.

Le lendemain matin, Mathieu entame un rangement inattendu. Il vide sa chambre, la dépouille. Il se dépouille, se déleste, s'allège, se débarrasse. Comme un reptile, il fait sa mue. Il se veut neuf. Il commence à repeindre sa chambre pour effacer les jours gris qu'il y a passés, emprisonné. Il change de couleur. Le crème endormi des murs laisse place à un jaune léger. Mathieu repeint les murs comme on change de décor au théâtre afin de signifier une modification de dramaturgie. Cette pièce encombrée le rassurait. Aujourd'hui, elle l'étouffe. Il la vide, meilleure façon de se vider la tête, obsédé par l'idée de savoir ce qu'a fait Demba pendant ces jours insupportables de disparition. En attendant leur rendez-vous de 16 heures, il s'occupe. Il donne des coups de pinceau partout où c'est possible. Il peint. Il n'a jamais peint. Il repasse. Il n'a jamais repassé. Il prépare une tarte aux pommes. Il n'a jamais cuisiné. Il va chercher des ampoules dans un placard. Il les installe sur les lampes qui n'en ont plus. Ce soir, il fera la fête. Il les allumera toutes pour célébrer le retour de son ami, avec lui, peut-être.

Au Bourget, Demba sort de son centre d'hébergement. Il quitte l'immeuble déglingué, avale le boulevard sans fin, tourne à droite et entre au France-Tango. Il ôte ses chaussures de voyage. Du sable s'en échappe encore. Il range au vestiaire le réfugié, le disparu, pour redevenir danseur de tango. Ses camarades se réjouissent de sa venue, Virginie surtout. Il s'approche d'elle. Il emboîte ses pas dans les siens. Les gestes de Demba sont fluides. Son corps n'est ni tendu ni maladroit. Il n'a même jamais aussi bien dansé. Il soulève Virginie, la repose sur le sol, la fait tourner, l'incline, la redresse avec une dextérité jamais atteinte. Il glisse sur le plancher. De la plus extrême de ses phalanges au sommet le plus élevé de son âme, Demba est devenu un homme libre ou plus exactement un homme libéré.

Après le bandonéon, il rejoint le vacarme du boulevard qui conduit à la gare. Dans le train, il envoie un message à Mathieu : « RENDEZ-VOUS DEVANT PABLO AU PREMIER ÉTAGE. » Ils sont à quarante-cinq minutes l'un de l'autre.

Mathieu sort de chez lui, traverse les jardins du Palais-Royal. Demba arrive gare du Nord. Mathieu commence à emprunter les dix-sept rues qui le séparent du musée. Arrivé gare du Nord, Demba prend la ligne 5 qui le conduira à la station République. Là, il changera pour la ligne 8 et descendra à la station Sébastien-Froissart, la plus proche du musée Picasso. Ils sont à quinze minutes l'un de l'autre.

Picasso lui-même les attend au premier étage du musée. Il n'est pas impatient de les voir. Impassible, son visage est fermé. Son teint est pâle, presque maladif. Ses petits yeux sont sans éclat, un peu tristes, comme sa moustache tombante. Sa bouche est sensuelle, mais davantage orangée que rouge. Ni boudeuse ni souriante, elle n'exprime rien. Dans ses autoportraits, Picasso n'est jamais léger. Il est souvent grave comme sur ce tableau réalisé en 1902 alors qu'il a vingt et un ans. Picasso est enveloppé d'un manteau immensément sombre, trop grand pour lui. Bras et mains sont cachés par lui. Picasso se tient là depuis un bon moment : 1985 exactement, date de l'ouverture du musée.

Peu après leur rencontre, lorsque Demba visita le musée avec Mathieu, il s'immobilisa devant cet autoportrait. Il fut saisi, emporté par lui au point de ne rien pouvoir dire, longtemps. C'est devant cet autoportrait que Mathieu quitta le visage de Picasso pour celui de Demba. Il abandonna les traits austères et livides du maître pour ceux attendris et joviaux de Demba. Après être resté silencieux, Demba confia à Mathieu que le visage bleuté, triste et inquiet de Picasso ressemblait à ce qui avait été souvent le sien. Demba vit dans ce portrait un frère, la version blanche de son mal-être, la vision bleue de ses inquiétudes. Fond de la toile, manteau, contour des yeux, traits creusés des joues, tout est bleuissant dans le tableau, pourtant Demba avait trouvé qu'il portait les couleurs de la mort, que la couleur de la peau du visage de Picasso ressemblait à celle des morts. C'est devant ce tableau que Demba tomba en fusion avec Picasso. Il ne pouvait donner rendez-vous à Mathieu que devant cette œuvre-là. C'est aussi devant cet autoportrait que Mathieu débuta vraiment sa carrière de conteur. Il avait expliqué que lorsque Picasso avait peint ce portrait, ce dernier était malheureux et dans un grand dépouillement. Il se sentait déraciné mais surtout, il venait de perdre son ami Casagemas. C'est devant cet autoportrait que Demba et Mathieu firent d'abord silence commun avant de commencer à partager leurs mots. Demba a fixé leurs retrouvailles devant leur début.

Les trois hommes sont sous le même toit. Mathieu et Demba sont dans le musée, à quelques secondes l'un de l'autre. Picasso imperturbable, soixante centimètres de large, quatre-vingts de hauteur, est là, à quelques mètres du grand escalier qui conduit à lui. Mathieu grimpe les marches. Ses pas pressés battent le marbre autant que l'excitation de la rencontre fait frapper son cœur contre sa poitrine. Au même moment, au premier étage, si près de Picasso imperturbable, le plancher craque sous les pas décidés de Demba. Les deux amis sont à quelques mètres l'un de l'autre, à quelques mètres de l'homme qui les a mis au monde, de celui qui les a vus naître.

En donnant rendez-vous au musée Picasso, Demba a transformé le lieu en mairie, en église, en mosquée, en temple, en un lieu où sont célébrés les liens qui unissent deux êtres. Il a fixé le rendez-vous de leur rapprochement devant Picasso lui-même afin que celui-ci soit le témoin de leurs retrouvailles, afin qu'il soit l'homme chargé de consacrer leur amitié. Mathieu a transmis à Demba le sens de la mise en scène, celui de la théâtralisation des choses de la vie.

Les deux hommes s'approchent enfin de Picasso. Mathieu a cessé de grimper frénétiquement le grand escalier. Il a ralenti le pas. Demba aussi. Les deux hommes se font face. Ils avancent l'un vers l'autre.

Picasso, grave, les observe. Son visage austère et sérieux impose le silence. Les deux amis devraient exploser de joie. Ils devraient déborder de mots. Ils n'osent ni rire, ni sourire, ni parler, ni pleurer. Picasso les impressionne. Après une longue hésitation, Demba et Mathieu finissent par s'enlacer, longuement. Aucun mot ne les épouse.

Le silence. Le simple frottement de leurs vêtements. Les yeux mouillés de Mathieu. Le sourire déconcertant de Demba. Quelques secondes pleines de ces quelques secondes.

Ces secondes sans mots ne durent pas. Rongé par les questions qui le dévorent et l'empoisonnent, Mathieu essaie de s'adresser à Demba mais ce dernier l'en empêche. Il porte devant la bouche de Mathieu un doigt signifiant l'obligation qu'il se taise. Demba lui demande de ne lui poser aucune question, de respecter ses secrets, ses silences, son absence. Il lui confie juste qu'il a dû partir au Mali et que l'*Acrobate à la boule* tableau qu'ils ont vu ensemble, l'a bouleversé, envahi, a piqué sa mémoire, l'a réveillée et a exigé qu'il parte. Il ajoute, malgré lui, « la nuque de l'acrobate, ma nuque, mon oncle, ma nuque, ma nuque ». Il s'interrompt brutalement. Il ne dit rien de plus. Mathieu est suspendu au silence de Demba. Demba n'ajoute rien. Mathieu espère mais Demba continue de ne rien ajouter. L'acrobate, la nuque, l'oncle, le retour au Mali, Mathieu ne comprend pas, pas du tout. Picasso non plus. Il demeure indifférent aux explications essentielles qui n'arrivent pas. Mathieu ne se résout pas à ne pas en savoir davantage. Demba ne lui en laisse pas la possibilité. Il sort de son sac à dos une banale boîte en fer rapportée de Sébé. Sans se départir de son silence, il la tend à Mathieu. D'abord décontenancé, excité ensuite, Mathieu ouvre lentement la modeste boîte cabossée de peur de la blesser davantage. Il repousse le plaisir d'en découvrir le contenu comme si à l'intérieur un trésor pouvait y être tapi. C'est le cas.

Dans la boîte se trouvent des feuilles de papier pliées. Mathieu les extrait précautionneusement. Toujours aussi lentement, il les déplie comme si elles renfermaient des pépites d'or. Ces feuilles ont été arrachées à des cahiers d'écolier. Leurs petits carreaux débordent de dessins au point qu'aucun espace vierge ne subsiste. Avant son retour pour la France, la mère de Demba lui a remis la petite boîte. Elle contient les dessins qu'il réalisait enfant en cachette sous les baobabs. Il confiait à ses cahiers ce que ses mains lui commandaient de faire impulsivement. Revenu à la case, il cachait ses dessins dans une boîte parmi d'autres boîtes remplies d'épices et de denrées. Sa mère a trouvé la boîte, a vu les dessins, les a repliés et rangés à nouveau. Elle n'en a jamais parlé à Demba. Elle lui a juste rendu la boîte, comprenant que son contenu devait être important. Mathieu regarde les dessins, ébranlé, secoué, ahuri. Il découvre seulement maintenant l'inclination de Demba pour le dessin. Une inclination de survie. Les baobabs protégeaient Demba. Son autre refuge était les petits carreaux de ces feuilles de cahiers d'écolier. Mathieu ne comprend pas que Demba ne lui ait jamais parlé de son goût pour le dessin. Il lui pose la question. Picasso, derrière eux, écoute attentivement. Lui est né avec des pinceaux, son père ayant été professeur de dessin. Demba revient sur son exil. Quand, il y a sept ans maintenant, il est parti de son village précipitamment, il a emporté dans son sac à dos quelques dessins. Dans le désert algérien, avant d'arriver en Libye, il a dû se délester de son bagage pour ne pas signifier qu'il était un migrant. Avec une immense tristesse, en un déchirement féroce, il a dû enterrer en plein désert son sac à dos et son trésor, quelques grammes de papier écorné venus de la terre qu'il abandonnait. Le désert a englouti son sac, ses dessins, son passé. À ce moment-là, Demba a englouti dans les dunes autant ce qu'il a dessiné que les raisons qui l'ont conduit à dessiner.

Mathieu écoute attentivement Demba tout en découvrant ses dessins. Il identifie des bribes de corps, des lignes fissurées. Tout s'encastre. Les traits sont fragiles, tremblés. Mathieu est déconcerté, intrigué par ce qu'il voit, attristé aussi. Il est peiné que Demba ait cessé de dessiner. Pour Mathieu, ces quelques feuilles valent plus que tout l'or du monde. Elles sont d'où vient Demba, son autre terre. Le musée Picasso ferme. Ne restent plus que trois hommes et une boîte en fer.

Mathieu comprend l'importance du cadeau que lui fait Demba. Celui-ci lui offre des fragments de sa chair, des réminiscences de sa vie. La boîte en fer est un reliquaire qui contient le Demba d'avant. Les deux hommes saluent Pablo et quittent l'établissement.

De l'autre côté de la rue, Mathieu conduit Demba dans la boutique du musée. Mathieu choisit des crayons de couleur ainsi que des cahiers aux feuilles vierges dont les couvertures sont des reproductions de tableaux de Picasso. Il souhaite les offrir à Demba et lui montre. Parmi ces cahiers, la reproduction de l'*Acrobate à la boule*. Demba saisit le cahier. Ce cahier-là, il ne peut pas. Il ne veut pas l'emporter. Il le repose immédiatement, la couverture plaquée contre le comptoir. Il ne veut plus jamais voir le tableau. Mathieu achète crayons et cahiers. Demba quitte la boutique, laissant derrière lui son passé malien, ses secrets maliens, son séjour malien. Celui-ci obsède Mathieu. Il aimerait poser mille questions. Il s'en empêche. Il le fera un jour, peut-être. Aujourd'hui, Mathieu ne veut pas griffer la joie de leurs retrouvailles.

À la sortie de la boutique du musée Picasso, assis sur le banc d'un jardin alentour, Mathieu offre à Demba la pochette. Il la tend à son ami enfin retrouvé. Demba aime les cadeaux. Il n'est pas habitué à en recevoir. Il ouvre le petit paquet avec un immense appétit bien qu'il sache ce qui s'y trouve. Il plonge ses doigts les yeux fermés comme un enfant joue à colin-maillard. Parvenu au plus profond de la pochette, au sommet de son excitation, Demba sent une forme qui n'est en rien plate comme un cahier à dessin ou fine comme un crayon de couleur. Il extrait le mince objet lentement afin de prolonger le plaisir de la découverte. Il ôte du paquet un bracelet, simple, en cuir. Mathieu l'y a glissé dans la boutique. Il ne s'agit pas d'un simple bracelet. Le fils de Mathieu ne s'en séparait jamais. Il est mort avec.

Mathieu saisit le bras de Demba. Il passe précautionneusement le bracelet autour du poignet de son ami. Demba s'étonne, ne comprend pas. À son tour, il n'a pas le temps de poser de question. Mathieu dit simplement « À chacun son secret », ce que Demba ne peut qu'accepter. Il regarde la modeste parure avec bienveillance. Il tourne son poignet afin de contempler entièrement le nouveau venu. Il caresse le bracelet. Il l'adopte.

Mathieu plonge à son tour les mains dans le paquet afin d'en extraire crayons de couleur et cahiers à dessin. Son visage est lumineux. Son regard est tendre. « Tu devrais reprendre le dessin, essayer, continuer, te continuer », insiste Mathieu. Sans joie, Demba hésite. Il choisit un crayon jaune mais le repose sur le banc. Il saisit un crayon rouge mais s'en sépare. Il attrape un crayon vert mais le récuse. Il tient un crayon noir mais celui-ci ne lui convient pas. À moins que dessiner ne lui convienne pas, qu'il ne puisse pas. Il extrait pourtant de la pochette un ultime crayon, un crayon bleu. Il choisit un cahier à dessin, celui dont la couverture est la reproduction de l'autoportrait bleuté de Picasso, le tableau de leurs retrouvailles. Demba se raidit. Son corps tout entier se bloque. Son esprit se fige. Il est tétanisé. Demba est à l'arrêt. Mathieu ne peut que l'observer, inquiet. Le crayon bleu à la main, Demba ne bouge pas. Ce moment immobile ne dure pas, pas longtemps, mais il est épais. Les oiseaux, les passants ne remarquent rien. Mathieu, lui, attend. Il espère. La main de Demba amorce enfin une lente descente vers la page. Vers le centre de la feuille vierge, il approche doucement son crayon. La mine bleue se pose sur le papier blanc. Demba n'hésite plus. Sa main assurée débute alors la conquête de la page. Du cœur de celle-ci, croît un immense nuage bleu. De celui-ci, sous celui-ci, un vaste rectangle débute sa naissance. Il s'extrait du nuage bleu. Il s'étire jusqu'au bas de la feuille. Le nuage accouche d'un tronc bleu, massif, solide et fort. Demba dessine à nouveau. Il croque une ère nouvelle. Il dessine un grand baobab bleu.

Table

Remerciements

À mes parents, qui m'ont conduit très jeune dans les musées.

À l'art, bien existentiel, sans lequel je ne pourrai survivre.

Au Sénégal, au Mali, au Burkina Faso, à la Mauritanie, au Cameroun, à la Côte d'Ivoire, à la Gambie, au Kenya, à la Tanzanie, qui m'ont offert tant de joies et de vérité.

À celles et ceux qui savent encore ouvrir leur porte aux autres.

Merci à Gérard de Cortanze, Jessica Nelson, Bah Kayes, Cécile Vatelot, Anne Davis, Ioana Rames, Johannes Wetzel, Marisa Borini, Emmanuel Guttierez, Gisele Amaro, Nicolas Petermann, Véronique de Bure, l'association Atelier des artistes en exil, ainsi qu'aux éditions Albin Michel.

DU MÊME AUTEUR

J'AI VOULU APPELER MAMAN POUR LUI DIRE MA MÈRE EST MORTE, Plon.

JE, TU, ÎLE, MES ÎLES SAINT-LOUIS, Seuil.

AVEC ELLE, Plon.

Composition IGS-CP
Impression CPI Bussière en avril 2022
Éditions Albin Michel
22, rue Huyghens, 75014 Paris
www.albin-michel.fr
ISBN : 978-2-226-47437-7
N° d'édition : 25002/01 – N° d'impression : 2064247
Dépôt légal : mai 2022
Imprimé en France